グラビアの夜

林　真理子

集英社文庫

目次

グラビアの夜

グラビアの夜

editor

十一月のはじめだというのに、雪に変わりそうな冷たい雨だ。天気予報では夕方にやむということだったが、午後の八時になってもまだ雨足は強い。

もうそろそろけりをつけてくれないかと、高橋晃洋《あきひろ》はカメラマンの金谷の尻を見つめる。まだ三十八歳だというのに、彼は全身にたっぷりと脂肪がのった大男である。よせばいいのに、それを流行のビンテージジーンズで締めつけている。撮影にのってくると、彼の尻は緊張してすぼまってくる。まだ気持ちが昂《たか》まってこない時は、それははっきりとわかるほど弛緩《しかん》してきて、

「オレもさ、男の尻でいろんなことがわかるようになってきちゃってさ」

と晃洋は自嘲的《じちょうてき》に親しい友人に漏らすことがある。

いま金谷の尻を見つめているのは、別に彼の疲労を案じてのことではない。まして

やスタジオの黄色のスクリーンの前に立つ、二人のモデルを気遣っているからでもなかった。

さらに撮影が長びくようだったら、人数分の弁当を用意しなくてはならないからだ。それがめんどうくさかった。

スタジオの隅に置かれたテーブルの上には、さっきスターバックスで買ってきたコーヒーやクッキー、パウンドケーキの類《たぐい》が並べられている。女の子たちの好むアーモンドチョコの箱もある。このスタジオにいる者が小腹を空《す》かせた時、ちょっとつまめるように用意してあるものだ。

彼が編集者として所属している青年コミック誌「週刊ヤングエース」は、公称五十万部という数字を誇っている。大手の出版社から出ている百万、百五十万という数字には及ぶべくもないが、写真集専門だった中堅の出版社にとっては、安定したドル箱といってもいい。おかげでグラビア班も、これといって経費をうるさく言われたことはなかった。

他の部署にいる同僚の話を聞いてみると、最近は打ち合わせの食事代など結構厳しいことを言われているらしい。「ヤングエース」の上の世代向けに、総合青年誌と呼ばれる雑誌を創刊したばかりなのであるが、これが全くふるわない。ロケに行った際は、こと細かく経費を計上するように言われていると、いくらか先輩の男はぼやいていた。

「そこへいくと、お前んとこはいいよなあ。いくらでも金は遣えるし、水着姿の女の子は見放題だしなあ。替わってほしいよ、ホント」

こういう時、晃洋は薄笑いをうかべることにしている。入社してすぐコミック誌に配属された頃は、むきになって反論したものである。

「冗談じゃありませんよ。女の子の水着なんてすぐに見慣れるし、色気も何もあったもんじゃありませんよ」

「事務所の連中が従《つ》いてきて、あれやこれや口出しするんですからたまんないですよ」

けれども三ヶ月もたたないうちに、彼らの「いいよなあ」という羨望《せんぼう》が単純なものでなく、その中に悪意のない軽蔑《けいべつ》が含まれているのを晃洋は知った。

グラビア班。それは雑誌の中でも特殊な存在である。売り上げがこのページによって左右されているにもかかわらず、上司たちはあまり認めたがらない。大物の漫画家たちに心を尽くし、気を遣うのとは反対に、若い編集者たちに適当に任せておけばいいという態度があからさまだ。編集長どころか、副編集長も現場に来たことはない。

「グラビアは若い者に任せておけばよい」

という態度は寛容なわけではない。無関心ということもあるが、それより何より四十代の彼らは、グラビアに出てくる女の子のことが本当にわからないのだ。

ときおり晃洋は、アンケートの集計を副編に見せる。グラビアに出ていたどの女の子がよかったかという人気投票だ。

「へえー、わかんないもんだなあ……」

副編の脇田は、先々週号のグラビアと照らし合わせて声をあげる。

「こんなもっさりした子の、いったいどこがいいんだ」

「やっぱり胸がでかいですからね。そのわりに顔はちっちゃくて可愛《かわい》いですよ」

「ふうーん、まあ、あいつらはこういうのがいちばんやりやすいんだろうな」

あいつらというのは「ヤングエース」の読者の大半を占める、地方に住む高校生のことだ。もっと露骨な言い方をすれば、

「田舎《いなか》っぺの童貞」

だ。

そして「やりやすい」というのは、マスターベーションをしやすいということに他ならない。口にははっきり出さなくても、いや時々ははっきりと言われるが、コミッ

ク誌のグラビアは、

「田舎の童貞の高校生たちが、マスをかくためのオカズ」

と編集長以下晃洋の上司たちは認識している。そのためにあまりかかわりを持とうとしないのだ。以前から、

「金は出すが口は出さない。若い連中でうまくやってくれ」

という傾向があり、おかげでやりやすいことは間違いなかった。上にチーフの先輩がいることはいたが、現場では入社三年の晃洋がほとんど取り仕切っている。入社したての新人はまだ何の役にも立たず、スターバックスやコンビニにお菓子や飲み物を買いに走るぐらいのことしか出来ない。

さて、夕飯をどうするかなと、晃洋は金谷の尻を見つめる。弁当をとるぐらいどうということもないが、今夜の彼は少し苛立《いらだ》っている。

今日撮っている中原リエという女の子がまるでよくないのだ。

暮れに向けて、

「君の恋人志願大集合」

と名づけた、水着の女の子五十人の大パレード。十六歳から二十二歳までの女の子たちが、きわどいビキニ姿で登場する、恒例の人気企画だ。一ページに十人ぐらいの

カット割りをするのだが、誰をどう大きく扱うかで、いつも頭を悩ませる。五十人もいるから、当然あたりはずれがあった。各プロダクションでは、自分たちが抱えるタレントの資料を送ってくるが、これほどあてにならないものはない。サイズは図々しく誤魔化してあるし、写真は別人かと思うほど綺麗《きれい》に撮られている。光を反射するレフ板を思いきり使用しているから、女の子の顔は白く美しく浮き上がるだけで肌の粗《あら》は全く見えない。

先輩たちから教わったとおり、プロダクションからのプロフィール写真は、

「ソープの店先に飾ってある写真よりももっとひどい」

というのは本当であった。よって必ずオーディションを受けさせることにした。こんなわずかなスペースのグラビアでも、彼女たちは厭《いと》うことなくきちんと編集部にやってくる。ポラ写真の前で、愛らしいポーズをつくる。しかも彼女たちにも、プロダクションにも一銭の報酬もない。女の子ひとりひとりの名前とプロダクションの電話番号を明記してくれさえすればいい。その替わり彼女たちは、「田舎者の童貞たち」の市場に引き出されるのだ。ここで人気が出て、そこそこの人気者になったタレントは何人もいる。スターというわけにはいかないが、CMやグラビアにしょっちゅう出て、バラエティにも顔を見せるほどの人気者にはなれた。

このところよく雑誌に出ている佐々木佳緒里もそのひとりだろう。二年前、この「ヤングエース」のグラビアに出たところ、人気投票でだんとつの一位になった。それどころではない。

「すごく可愛い子がいる」

とインターネットで情報がとびかい、一時期は彼女が出ると、売れ行きが一割伸びたものである。顔をかなり直し、ぐっとあかぬけて、Jリーグの選手との密会現場を写真週刊誌に撮られた今年の春あたりがピークだったかもしれない。

「佳緒里はもう終わりだな」

というのが、いつのまにか業界の定説になっていた。

今日の撮影の中で、今スタジオにいる二人は、それでもトップの扱いであった。「ピン」といって、ひとりでグラビア一面を占めることはないが、一ページをひとりで使う。今回の企画の中でいちばん優遇されている二人のうちひとりは横田裕奈といって、力のあるプロダクションの「イチオシ」ということであった。都立高校の二年生というが、体は完璧《かんぺき》に成熟していた。が、その成熟の仕方が気にくわない。ピンク色のビキニのブラからはみ出している乳房はどう見ても大き過ぎるし、形の盛り上がりが不自然だ。

「たぶんやってるでしょう」

スタイリストの恭子はこともなげに言った。

晃洋は記憶にないのだが、何年か前までは胸の薄いスレンダーな体型が好まれたという。それが今では「巨乳」「爆乳」と名づけられ、牝牛《めうし》のような女たちが好まれるのだ。そのためにこうして水着モデルとなるうち、何割かはデビュー前に豊胸手術を施されている。顔もかなりいじっているらしいのだが、そのあたりは晃洋にはよくわからない。

恭子と組んでずっと仕事をしている、ヘアメイクアーティストの、岡崎龍平ならばすぐあてることが出来るだろう。

晃洋はもう一度、スクリーン前に目をやる。十代の肌を生かすために、カメラマンはそう強いライトを浴びせていない。夏ではないから、胸のあたりはまだ白々としていた。若い娘独特の、艶《つや》はないけれども、今にもはじけそうな弾力のある肌。ビキニのブラジャーで半円が押さえつけられ、その下の残りの半円が存在を主張していた。

副編集長の言うところの、

「田舎者の童貞たち」

が、いかようにも妄想を膨らませられるよう、ビキニの素材から色、そしてライトやポーズも考えられている。そしてそれをさらに強調するために、裕奈という少女は手術を受けたのだ。

生理食塩水を入れたのか。

それともシリコンを入れたのか。

こういう仕事をしていると、女性雑誌の後ろについている、整形手術の広告ぐらいのことはわかるようになった。

「十六、七でおっぱいデカくして、いったいどうするつもりなんでしょうね」

晃洋は隣りにいる恭子にそっと話しかける。

当然同意してくれると思ったら、返ってきたのは別の言葉だった。

「でもあのコたちにすれば一生懸命なのよ。ここで人気が出たらスターになって……なんていうことを考えてるし、事務所にも吹き込まれている。おっぱいを大きくするなんてどうってこともないわよ。自分の得にもなることなんだし」

そう言って恭子は軽く微笑《ほほえ》んだが、その目尻に細かい皺《しわ》が寄ったのを見た。薄暗いスタジオの中でも、それははっきりと見えた。

「なんだ、若く見えたって、やっぱり年増《としま》じゃんか」

その時、晃洋ははっきりと恭子を憎んだ。年上の女が、自分の傍《そば》に立っているというだけで嫌悪をおぼえた。

晃洋の恋人、西山ゆかりも年上の女である。


いったいどうしてこうなったのか、自分でもわからない。男と女との間ではよくわけのわからないことが起こる。二十六歳の彼もそのくらいのことは充分に知っていた。大学生の頃、コンパでかなり飲んだ。そして近くに座っていた、前から自分に好意を持っていた下級生の女の子と暗がりでキスをした。舌をからめてきたので、

「結構遊んでるじゃん」

と思い、もっといろんなことをしてもいいような気がした。そしてアパートに連れ込み、夜明けまでに二回セックスをした。

朝起きた時に、「しまった」とちょっと舌うちしたいような気分になったが、彼女は落ち着いたものであった。一度か二度、つき合いたそうなそぶりをしたけれども、晃洋にその気がないのですぐに諦《あきら》めたらしい。その後もどうということなく、彼女のことはすぐに忘れた。

三年生になった時、フェリスの女の子とつき合ったことがある。後に全日空のＣＡになった彼女はかなり美人で、性格も気に入っていた。公認のカップルとしてふるま

っていたのであるが、ひょんなことから彼女の親友と寝てしまったことがある。

彼女にバレたら大変なことになるとひやひやしたけれども、全くなにごとも起こらず三人で会うことさえあった。そのうちに本命の彼女とも別れたけれども、最後まで自分と親友とのことは知らなかったはずだ。

晃洋の人生において、女とのことはすべてうまく、淡々と流れていったのである。時たま「魔がさして」いろんなことが起こったけれども、女たちは怒りも悲しみも執着も見せなかったではないか。二重になっている輪のように、自分と女たちとは違う方向に向いてまわっている、そして時々、手をつなぎ合ったり、足をからめたりするものではなかったか。

ところがゆかりの場合はまるで違っていた。

ぐいとすごい力で、輪の内側にひっぱり込まれ、からめとられてしまったのである。

彼女は晃洋より四つ年上でフリーのライターをしていた。以前はそこそこの出版社に勤めていて、職場結婚をした。が、離婚と同時に会社を辞めたのだ。

彼女とそういう仲になる前、こんな噂《うわさ》を聞いたことがある。彼女の担当していた大物作家がちょっかいを出し、やがて不倫の仲になった。それはまわりがハラハラするほど、大っぴらなものになったらしい。文芸担当の編集者というのは、たいていが元文学少女だから、憧《あこが》れの作家から声をかけられればひとたまりもなかったようだ。同じ会社にいる夫が気づかないはずもなく、すぐに破局が訪れたというのが、晃洋が知り得たゆかりの物語である。

その大物作家の名を聞いた時、晃洋は少なからず興奮した。少年の頃から愛読していた作家だったのである。

大手の出版社を受け、面接までいった時、

「ここでどういう仕事をしたいのか」

と問われ、晃洋は何人かの作家の名を挙げた。

「先生の担当になり、まっ先に原稿を読む人間になりたいです」

なんて青くさいことを言ったんだと、OB訪問で世話になった先輩は呆《あき》れた顔をした。

「今どきそんなことを言う学生なんていないよ。いいかい、出版社っていうのは文学青年をいちばん嫌うんだ。本は好きで構わないけど、暑っ苦しいのは困るんだよ」

先輩の言葉は正しかったかもしれない。この出版社は重役面接で落ち、後の二つも面接から先へはいかなかったのだ。

「オレは本当に文学青年なんだろうか」

そんな古めかしい言葉を、先輩から聞くまで使ったこともなかった。文学青年というと、野暮ったい服を着て、眼鏡をかけ、本を読むこと以外何の楽しみもない男、というイメージがある。

が、自分は断じてそんなタイプではない。生まれたのは栃木県であるが、県庁所在地であったし、東京にもすぐに行けるところだ。田舎者だとは自分でも思っていないし、今まで人からも言われたことはない。実家は歯科医をしていたから、クラスの中でも裕福な方だったろう。着るものは東京で買って、ジーンズもちょっとした店のブランドものを穿《は》いた。おしゃれにはかなり気を遣ったものだ。

成績もよかったし、高校二年までバスケットをやっていた自分は、掛け値なしに学校の人気者であった。文学青年などというものからは、ほど遠いところにいたはずだ。女の子にもモテたし、一年生の夏には初体験を済ませている。その自分が、どうしてあれほど本に淫《いん》したのか自分でもわからない。

ロマンティストな母が、しょっちゅう読んでくれた絵本のせいだろうか、それとも小学校の教師による「朝の読書運動」のせいだろうか。いずれにしても、高校生の時には本は晃洋の生活に欠かせないものになっていた。新刊書も読んだし、文庫本で名作と呼ばれるものも、棚の端から端まで読んだ。両親はこういう晃洋に目を細め、本のためにはいくらでも小遣いをくれた。

その頃でも本を読む男子高校生は珍しかったが、晃洋の成績がよかったのでことさらからかわれることも、仲間はずれにされることもなかったはずだ。

ただ一度、可愛い顔にひかれて交際を始めた下級生の女が、吉本ばななの大ファンという本好きで、少々閉口したことがある。

「二人で読書ノートをつくりましょうよ」

彼女は提案したものだ。

「読んだ本の感想を書きあうの。素敵だと思わない？」

あの時は本当にげんなりした。こんなことを提案するから、本を読む女は嫌いだ、と思ったぐらいだ。

それでも晃洋は本を読み続けた。読みながら受験勉強もきちんとし、大学は早稲田大学文学部文芸専修へ進んだ。慶応の法学部も合格していたのであるが、ためらわずに早稲田を選んだのである。この頃から編集者、出版社勤務というのは頭の片隅にあったのだろう。

歯科医院は、五歳違いの兄が継ぐことになっていたから、

「好きなことをしていいんだぞ」

と父は言ったものだ。

「なんなら作家をめざしても構わない」

もちろんこの言葉はジョークであり、その証拠に父の唇は笑みでゆがんでいた。父も自分の息子がそういうタイプではないことを見抜いていたのであろう。

作家になるには、能力と共にある種の暗さが必要だと、晃洋は思った。自分にはその暗さがない。暗さはもって生まれついたもので、努力しても駄目だろう。そもそも自分には、作家になる気などまるでないのだから。

それよりも晃洋の心をとらえたのは、出版社の編集者になり、本をつくることである。それも有名な作家が本を出す、一流の出版社がいい。

晃洋は、自分を夢中にさせた村上龍や村上春樹のことを考えた。自分は彼らのことならすべて知っている。文体の癖から、過去に行った海外の地、そして好きな女のタイプ、どんな食べ物が好物か、ということもだ。編集者になって彼らに会う。どれほど彼らのことを愛していたかおくびにも出さず、極めてクールに会う。そしてこれから出す本の企画をしたり、二人してアイデアを練るのだ。夜っぴいて酒を飲んだりもする。村上龍は、おそらく自分のことを年の離れた弟のように可愛がってくれるだろう。本によく出てくる、危ない場所にも連れていってくれるかもしれない。

そして本が出る。作家は最初の一冊にサインをして編集者にくれるという。

「高橋君へ。感謝を込めて」

ああ、なんて素敵なんだ。もう自分の仕事はこれより他ないと晃洋は考えるようになった。

早稲田大学文学部文芸専修は、伝統的に多くの作家を輩出していて、同人誌も盛んである。けれども晃洋はいっさいそういうものには加わらなかった。一年生の時にマスコミ塾の講演を聞きに行ったことがあるが、有名出版社の名物編集者といわれる男はいささか偽悪的にこう言ったものである。

「出版社っていうのは、どれだけ遊んだかで人を判断するんです。だから就職のために何かを勉強しよう、なんて考えない方がいい。とにかくいっぱい合コンやって、女、もしくは男をひっかけて、いろんなところへ遊びに行って、いろんな人と会ってくださ い」

それを自分がどれだけ守ったかはわからない。けれどもマスコミ志望の学生として、かなりいい線までいっていたのではないか。マスコミ塾が行なった模擬の作文ではトップの成績だったし、大手の出版社は三つ面接までこぎつけたのである。けれどもどこも合格通知をくれなかった。そして、やっと決まったところが、この二流の出版社だったのである。

村上龍と酒を飲むはずだった自分が、こうして夜のスタジオで、ビキニ姿の女の子を見つめていなくてはならない。そしておっぱいが本物かどうか案じているのだ……。が、今夜の晃洋はいつもと違う。期待というものが、ふだんよりも彼を苛立たせ、不機嫌にさせているのである。

編集者に「敗者復活」があると知ったのは、大手の出版社を落ちてすぐの時だ。就職の相談にのってくれたあの先輩が、こう慰めてくれたのである。

「とにかく、どんな小さくてもセコいとこでもいいから出版社に入れ」

「自分は、就職浪人するつもりなんですけど……」

「そんな必要はないさ。どこの出版社でも中途採用を採る。たいてい経験三年以上だから、どこかの出版社で働いていれば、資格が出来るってわけだ」

競争率はすごいが、まるで宝クジに当たるような新卒採用の倍率ほどではないという。

「だけど、中途採用なんて、差別されたりしませんかね」

「そんなことはない。現にうちの局長は二人、中途採用だからね」

先月新聞で「編集者募集」という文字を見つけた。それは、

「好きな作家の担当になりたい」

と言って面接で落とされたあの出版社である。学生の時と違って、今はさまざまなネットワークがある。情報によると、その会社では写真を中心とした青年向け雑誌を創刊する。中途採用はそのためだというのだ。

チャンスだと、晃洋はガッツポーズをした。入社以来、あまり売れない漫画家の担当と共に、数多くのグラビアを担当してきた。決して好きとはいえない仕事であったが、これが彼の武器になるのだ。

雑誌の編集者といっても、小説を担当することもあるだろう。いずれは部署が替わり、文芸担当になることもあるかもしれない。そしてもっと世俗的な思いが、晃洋を揺り動かしている。

新宿でも、たまに行く六本木でも、大手の出版社社員は大層威張っている。どこも経費節約を強いられているらしいが、彼らが遣う金は半端ではない。

早稲田の同級生で、第一志望の出版社に入った者がいるが、初任給やボーナスの額を聞いて、晃洋は驚いたものだ。信じられないような額だったのである。

一流の出版社に勤める者たちは、夢のような給料を貰《もら》って村上龍と酒を飲むのだ。そのことを考えると、晃洋は嫉妬《しっと》のあまり胃が痛んだ。就職試験に落ちる時まで嫉妬という感情を持ったことがなかったため、これにどれほど困惑し、とまどったことだろう。自分が他人をこれほど羨《うらや》むことがあるとは、予想さえしなかったのだ。

しかしこの感情と、近いうちに別れを告げることが出来るかもしれない。書類も通り、一次の面接も受かった。後は最終の社長面接を通ればいいだけなのだ。その日が二日後に迫っている。どんなことを喋《しゃ》べればいいか、自分の中で既に準備は出来ている。もう世間知らずの大学生とは違うのだ。

たぶん自分は転職を果たすのではないか。そうだとも、こんな仕事を三年間もやらされてきたのだ。何らかの褒賞《ほうしょう》があってしかるべきであろう。自分は挫折《ざせつ》を味わったのである。挫折の後には、必ず栄光が待っているものではなかったか。少なくとも晃洋が読んだ小説ではそうだった。

二年後か三年後、村上龍の傍でワインを共に飲みながら晃洋は言うだろう。

「僕は中途ですから、それなりに苦労してますよ。のほほんと新卒で入ってきたお坊ちゃん、嬢ちゃんたちとは違います」

その時、たぶん、かなりの確率でゆかりとは別れているだろう。もはや晃洋の人生に、ゆかりは必要ないものだからだ。

問題はどうやって彼女と別れるかだ。

年上の離婚経験者ということもあって、もっとあっさりとしたつき合いが出来ると思っていた。いや、その言い方はあたらない。最初夢中になったのは自分の方かもしれない。晃洋は涼し気な目の女が好きであるが、ゆかりは好みにかなっていた。肌が綺麗で、しているかしていないかわからないような薄化粧をしているため、切れ長の目はさらに印象が残る。目と同じように薄い唇も形よく、最初の頃、これに触れることが出来たらどんな気分がするだろうかと、晃洋は息苦しくなったものだ。二年前、漫画家が東北を旅して、エッセイと絵を描くという企画があった。書く方はまるで駄目だという漫画家に替わって、ライターのゆかりも同行した。彼女と大物作家とのスキャンダルを教えてくれたのもその漫画家であった。

「あの先生、もうかなりの年なのに、あっちの方はいけるらしい。彼女とは長くつき合ってたみたいだよ」

その作家の顔は、雑誌のグラビアでよく見ていた。時々テレビにも出ている。旅の終わり頃、横になっていると、その大家とゆかりが裸でからみあうシーンが浮かんできて、股間《こかん》が熱くなった。

晃洋にとって、作家と寝た女というのはやはり特別のものなのだ。最初に迫った時、ゆかりは言ったものだ。

「離婚した女って、しょっちゅうこういう扱いを受けるのよ。よっぽどなめられてるのね」

「違う」

晃洋はゆかりの手首を離さずに叫んだ。

「なめてんじゃない。君が本当に素敵だからだ」

そうして始まった仲だ。編集部の中で薄々気づいている者もいるかもしれない。が、そんなことは知られたくなかった。編集者が出入りのライターに手を出すというのは、あまり誉《ほ》められた行為ではない、などと思うのは、いずれにしてももはや自分の心がゆかりから離れつつある証《あかし》なのかもしれない。

「いずれにしても……」

晃洋は自分の心に浮かんだ言葉を、思わず口に出したことにうろたえた。まるで老人がするようなことじゃないか。

「いずれにしても、このカット、あまり大きくしないつもりですよ。彼女の胸、インチキくさいし、肌もあんまりよくない」

「そうね、金谷さんにも聞いてみてね」

恭子の言葉に晃洋はむかつく。そうなんだよ、年増の女っていうのはいつもこうなんだ。いつもうまく物ごとを丸め込もうとしている。協調性ってやつだ。

ゆかりも、いつも穏やかにやさしく自分をなだめ甘やかしてくれなかったか。いつもこちらの言い分を聞いて、そうね、でもこっちの考え方もあるのよ、と言わなかったか。そしてがんじがらめにしなかったか。

しかしもうすぐだ。もうすぐ彼女から逃げる。この「グラビアの夜」からも逃げるんだ。

白い海で泳ぐ水着

stylist

「あの編集の男、チョームカつく……」

メイクルームに入ってくるなり、モデルの少女が吐き捨てるように言った。年齢と容姿にまるで似合わない猛々《たけだけ》しさだ。

「人のこと、フンっていう目つきで見たかと思うとさ、カメラの人とコソコソしてさ、なんかさ、今まで会った編集の中で、いちばん感じ悪い男だよ」

「気にしない、気にしない。あの人、いつもああなの。まだ若いから、撮影の時はちょっと緊張してるみたいね」

こういう時、明るい声でモデルの心をひきたてるのも、スタイリストの大切な仕事だ。いくらセンスがよくても、性格が悪くてはこの仕事は出来ない。編集とカメラマンとの間をとりなしたり、しょげているモデルを慰めることが出来なくては、とてもグラビアのスタイリストはつとまらないだろう。

もっとも名のあるスタイリストになると、かなりの確率で性格が悪くなるから不思議なものだ。おそらくもう、モデルやカメラマンの機嫌をとる必要がないからに違いない。

「こんな時間なのにさ、ごはんも出ないし、もうお腹《なか》がぺっこぺこ。あの編集、感じが悪いだけじゃなくてチョーセコいんじゃない」

モデルの少女は、スタイリストの恭子に語りかけるだけで、一緒に水着を着替えているもうひとりのモデルは全く無視している。

無理もない。五十人ほどの少女が水着で登場する今度の企画で、彼女はピンで撮られることになっていたのだ。ピン、つまりひとりで一ページを飾る少女は、力を持つ事務所がイチオシで売り出すことになっているタレントだ。他のモデルたちよりも特別扱いされることになっている。それなのに編集者の高橋の判断で、もうひとりのモデルとくっつけられてしまったのだ。

「あのコ、胸、入れてますよね」

高橋は、何度か恭子にささやいた。高校生にしては不自然な大き過ぎる胸は、シリコンか生理食塩水を入れているのだろうと尋ねているのだ。

高橋は少しシリコンに神経質になり過ぎているような気がする。青年コミック誌のグラビア担当を三年もやっていれば、かなりの確率で女の子たちが顔や胸をいじっているのがわかるはずなのにと恭子は思う。

この「ヤングエース」から出てきたといわれる、グラビアスターの佐々木佳緒里ときたら、スタイリストに絶対に胸を触わらせない。

「佳緒里のおっぱいは自分でつくる」

と専用のパッドを持ち歩いているからだ。そうして出来上がる彼女の乳房は丸々としていて見事な谷間をつくっている。あれが整形と特製パッドによるものだということを、いったい何人の男の子が知っているだろうか。

「僕らの女神、佳緒里の悩殺ショット」

などという見出しを見ても何も思わないけれども、いつ化けの皮が剝《は》がれやしないかと恭子は考える。整形している子はさほど珍しくないけれども、あれほど性格の悪い子は珍しいだろう。メイクルームでも、煙草《たばこ》をくゆらしながら携帯をかけ続けている。

「佳緒里ちゃん、そろそろ……」

など若い編集者が声をかけようものなら、

「ちょっとさー、私が大切な電話してんのわかんないわけっ」

と、睨《にら》みつける。

「人を見る」というのは、この業界の女にありがちなことだけれども、佳緒里は極端だ。高名なカメラマンに初めて撮られた時の話は、今でも語りぐさになっている。

「先生……」

と、会うなり、はらはらと涙を落としたのだ。

「先生に撮っていただくのが、ずーっと私の夢だったんです。今、あまりにも幸せ過ぎて、立っているのがやっとなの……」

撮影後、すっかり気をよくしたカメラマンと鮨屋《すしや》に行ったらしい。

それとは反対に、相手が無名のまだ若いカメラマンとみてとるや、聞くにたえないような下品な言葉で罵倒《ばとう》する。その凄《すさ》まじさから、佳緒里は元ヤンキーという噂《うわさ》があるが、たぶんそれに近いところまでいっていただろう。

佳緒里は胸だけでなく、顔もかなりいじっているというのは、ヘアメイクの間では常識だ。これまた噂ではあるが、目を大きくするために、何度も切開手術をしているので、佳緒里は眠っている最中も目がぱっちり開いているという。

いずれにしても、我儘《わがまま》な売れっ子タレントに、さんざんひどいめにあわされた現場の者たちはこんなヨタ話をして、うさを晴らしているのだ。

それにひきかえ、毎週、毎月スタジオに送り込まれてくる、無名の少女たちの可憐《かれん》なことといったらどうだろう。今夜のモデルも、空腹と疲れでつい乱暴な口をきいているだけだ。

みんなカメラマンの要求に素直に従う。

胸を寄せて谷間をつくれ、と言われればそうする。座って足を組め、と言われればそうする。つくり笑いとはもはやいえないほど、自然にこぼれる笑顔。そしてその従順さは、決して野心と繋《つな》がっているわけではない。グラビアに出るたいていの少女は、すぐに消えていく。佳緒里のように、売れっ子のグラビアアイドルになろう、などと考える子はほとんどいない。たいていは、ちょっとタレントまがいのことをして、グラビアに出られればいい、と考える子ばかりだ。

それなのに彼女たちは、身をかがめて、腕をぎゅっと寄せていく。少しでも谷間が深くなるように心を砕く。自分たちを眺める少年たちの、精液がもっと出ますようにと祈っているかのようだ。

こんなけなげな少女たちを、どうして嫌うことが出来るだろうか。だから恭子はグラビアの仕事が大好きだ。決して嘘ではない。若い頃は、CMやファッション誌のグラビアをつくり出すスタイリストを夢みた。最新の洋服や小物を組み合わせて、流行を見せる仕事だ。それが今では、青年コミック誌のグラビア専門になった。九割は水着を扱っている。モデルに水着しか着せないスタイリストは、この業界で評価が高いとはいえない。どこの世界でも同じだろうが、スタイリストにもちゃんとヒエラルキーがある。

トップは、一流ファッション誌のグラビアの仕事だろう。ここではスタイリストの名が大きく扱われる。活字よりも格が低いとされるが、収入の多さといったらやはりCMのスタイリストだ。バブルがはじけたといっても、彼女たち、彼らは信じられないような高額のギャラを企業に要求する。どちらにしても、恭子とは縁のない世界の話だ。

決して負け惜しみでなく、恭子は今の仕事が好きだった。単に水着と言われるかもしれないが、それにはさまざまな色と材質がある。肌の白い綺麗《きれい》な子には、案外きつい色が似合うし、肌に難ありの時は光沢のあるつるりとした生地を選ぶ。胸の豊かな子には、わざときつめのサイズのものを着てもらうし、反対の場合は愛らしくきゃしゃな雰囲気に見えるものを選ぶ。

初めて水着撮影にのぞむ子は、ヘアの始末も自己処理でうまくない。チェックをしてやり、もしはみ出しているような場合は、ハサミでカットしてやる。

以前ヌードの写真集の撮影をしていた時のことだ、カメラマンが恭子を呼んだ。股《また》の間からタンポンの紐《ひも》が見えているというのだ。この時は脚を拡《ひろ》げてもらい、下から覗《のぞ》いて、はみ出している糸を切った。あれほど情けなかったことはない。

東京でスタイリストをしているということだけで、派手なことを想像する故郷の友人たちにひと目見せたいと思ったくらいだ。

しかしそのモデルの少女は、目に涙を溜《た》めて言った。

「スタイリストさん、ありがとう」

世の中には、神々《こうごう》しいもののように大きくクレジットされるスタイリストもいるけれども、自分はそうではない。恭子はいつでも、

「スタイリストさん」

なのだ。

だいいち、毎週送り込まれてくる大量の少女たちのうち、何人が残るというのだろう。残っていくのは、ほんのひと握り、というよりも、指についた砂のようなものだ。さらさらとすべて流れ落ちるはずだったのに、何かのはずみで残ってしまった。そしてそれが砂金であるはずはない。日にちがたつと、また土の上に落ちていく。指に残

っていた時間だけ、彼女たちは風にさらされてることになる。

次にグラビアで見かける時、彼女たちはもう水着を身につけていないことが多い。つけていたとしても、小さなパンティだけだ。そしてコミック誌のグラビアでは決して求められないポーズをとっている。犬のように四つんばいになり、尻を上げている。あれは男たちの大好きなポーズなのだ。

恭子はこの世界に入ってから、そうしたきまりごとをいくつか知った。四つんばいのポーズは、後ろから犯すことを妄想させ、あどけなく開いた半開きの唇は、自分のペニスを迎え入れようとしているのだと男たちは考える。自分勝手な無邪気な衝動の後、たくさんの精液が吐き出されるはずだ。たとえば雑誌公称五十万の半分として、二十五万本のペニスが、グラビアの少女たちに向かって屹立《きつりつ》する。そして二十五万人分の若い男たちの精液。それがいったいどんな量になるのか恭子にはわからない。だがひとつの光景が浮かぶ。

やがて精液によってつくられた小さな海が出来る。白いどんよりとした海。きつい臭気をはなつから、魚も棲《す》まないし、鳥も近づかない。恭子は時々、その海の中に、少女たちをひとりひとり沈ませているような気がする時がある。

大分の別府《べっぷ》で生まれた。家は旅館をやっているというと、たいていの人が「お嬢さまだったのね」と言うがそんなことはない。湯治客が自炊する極めて安上がりの宿だ。古いことは古く、大正の時代、曾祖母《そうそぼ》が始めたという。庭には白い湯煙がもうもうと上がっていて、常に蒸し器が置かれている。湯治客たちはこの中に、芋や野菜を入れて蒸していくのだ。古めかしくて面白い宿だと、何度かテレビ番組にとりあげられたが、それで客が増えたということもなかった。

恭子が子どもの頃から、自炊する湯治客など減っていったのだ。そして世の中が豊かになると、客たちは団体旅行を嫌い、近くの由布院《ゆふいん》へ人気は移っていった。今は恭子の両親が、昔からの客を相手に細々とした営業を続けているが、どちらも年をとっているので、いずれ廃業することになるだろう。

恭子はこの湯の町で育った。地方出身でスタイリストになる女の子といったら、判で押したような同じ青春をおくっている。子どもの頃から洋服が大好きで、着せかえ人形に夢中になった後はファッション誌を切り抜き、やがて自分でつくるようになるのだ。恭子は中学生の時には、ミシンを使いワンピースやスカートを縫うようになった。母は福岡の洋裁学校へでも進んだらどうかと言ったが、恭子は首を激しく横に振った。

自分で着たい服がないからつくっているだけなのだ。東京へ行けば、望むもの、憧《あこが》れていたものが山のようにあるに違いない。そういうものを集め、人形に着せるようにモデルに着せてみたい。そう、スタイリストになりたいのだ。

恭子の母は、スタイリストという職業を知らなかった。高校の担任教師は、そんなものはふつうの人間にはなれないのだと言った。

「だけど先生、この学校にも、この学校にもスタイリスト科っていうのがありますよ」

幾つかの専門学校のパンフレットを見せると、そんなものはあてにならないと語気を強めた。

「スチュワーデス学校に行った者が、全員スチュワーデスになれんのと同じだ」

けれども恭子はたやすくスタイリストになることが出来た。こうした仕事は門戸が広く、自分で名乗るだけでも全く構わない。ただ残酷なヒエラルキーがあり、一流と二流との間に、天と地ほどの差があるのだと恭子が知るのは、しばらくたってからだ。

専門学校の求人欄を見て、アシスタントに応募した。青井みさおという中堅のスタイリストであった。中堅というのは、一流ファッション誌の仕事をやるほどではないが、チラシをやるほどでもないという意味だ。みさおは地味な女性誌を手がけていて、きちんとした洋服のスタイリングが得意だった。借りてきたスーツやジャケットに、アクセサリーやスカーフを組み合わせる、という仕事は、若い恭子にとってはやや退屈だった。恭子が望んでいたのは、もっとアヴァンギャルドな洋服を、驚くようなミスマッチで見せたいということであった。が、こうしたスタイリングは、天才的なひらめきや感覚がなくてはいけないのだ。自分にはそうしたものがない。田舎《いなか》で育ったことがハンディになっているのかと思ったことがあるが、どうやらそうでもないらしい。雑誌でよく名前を見るスタイリストの中に、何人も地方出身者はいるのだから。

自分の売りは何だろうと、恭子は真剣に考えた。きちんとした対応や、気遣いの出来る性格ではないだろうか。これが出来ない女が結構いる。汚したり皺《しわ》だらけになった服を、平気でそのまま返却したりするのだ。

恭子はアシスタントの頃から、プレスの女たちやカメラマンに可愛《かわい》がられた。笑顔がとてもよいと言われた。たぶんエクボのせいだ。小さくて垂れた目と、このエクボとがうまく合わさって、初対面の人にも警戒心を与えない。気むずかしいモデルや女優からも、何かとやさしくしてもらえたのは、このためだったかもしれない。

そして今恭子は四十二歳になり、エクボは以前よりも深くなったような気がする。忙しくてエステやプチ整形などに行けないので、目のまわりの皺はとても深い。初めて恭子の顔を見た人は、たぶんエクボよりも、こちらの溝の方に目がいくかもしれない。

いろんなことがあった。アシスタントから独立したばかりの頃、有名カメラマンに気に入られ、しばらく名指しが続いた。もしかしたらこのままメジャーになっていくのかと自惚《うぬぼ》れていたら、突然もっと若いスタイリストにとって代わられた。

編集者の男とつき合い、短い間だったが一緒に暮らしたことがある。が、そんなことは野口とのかかわり合いに比べればどうということもない。さっとかすめた爪《つめ》の痕《あと》のようなものだ。野口との十五年間は、恭子の内臓まで入り込み深い切れ目を入れた。その切れ目は、時々しくしくと痛みを持つ。野口が死の床にあると聞いてからはなおさらだ。

野口は五十五歳になるカメラマンだ。若い時から全く金にならないドキュメントを撮っていたのであるが、ごくたまにはふつうの仕事をすることもあった。ヴァージンアイランドで、若いタレントの写真集をつくることになったのは十五年前のことだ。後に野口が言うには、彼女が所属していたタレント事務所に、野口の写真のファンがいたらしい。それで一冊任されることになったのであるが、今思い出してもトラブル続きの撮影であった。野口は相手が若いからといって容赦はしない。朝焼けの中でのショットを、四日続けて撮ったりする。予算もなくて、食事代を切りつめられていた。よくある話であるが、撮影隊は二派に分かれ、マネージャーとコーディネイターとが露骨に対立した。何もいい思い出がない撮影ツアーで、どうして彼に対する愛情が芽ばえたのかよくわからない。特別に庇《かば》ってもらったり、やさしくしてもらったこともないのに、気がつくと、彼をいつも目で追っている自分がいた。スタイリストならば、タレントから目を離してはいけないのに、野口の写真を撮る姿に見惚《みと》れていた。これほど格好よくカメラを構えるカメラマンを見たことがないと思った。動きがしなやかで、カメラを持ってかがむと少し猫背になる。それが獲物を狙《ねら》っている猛禽《もうきん》のように見えた。

そして撮影が終り、格安チケットで全員日本に帰ってきた。それきりの仲だと思っていたのに、彼から個展の案内が届いた。新宿のビルの中にあるギャラリーだ。

あの日、どうして行ってみようと思ったのか、今でもうまく説明出来ない。小さなギャラリーは、昼休みをつぶそうとするサラリーマンが二人いただけだ。そしてなぜか野口が立っていた。南の島でも着ていた、水色のポロシャツを着ていた。そして恭子を見るなりにっこり微笑《ほほえ》んだ。

「やっぱり来てくれたんだね」

その〝やっぱり〟という言葉を、男の自惚れと思う時もあったし、自分と同じように運命を信じていたのだと思い出すこともある。

ともかく二人の仲は十五年間続いた。続いた、と過去形になってしまうのは、野口の命が今、消えかかっているからだ。

親父《おやじ》もお袋も癌《がん》でやられた、たぶん自分も癌から逃れることは出来ないだろうと言っていた野口の胃に、黒い影が見つかったのは昨年のことだ。手術はうまくいったと思われていたのに、今年の春に再発した。

恭子はおととい、野口の妻からかかってきた電話を思い出す。

「一度会ってやっていただけないでしょうか」

哀願といってもいいほどの口調であった。それは十年前に聞いた、

「あなた、自分のしていることがおわかりなのかしら」

「野口はもう何度も同じようなことをしてますよ」

という声とまるで違っていた。

「今のうちでしたら、まだ意識がしっかりしていますので、一度見舞ってやっていただけないでしょうか」

妻のこの卑屈さが、恭子にはよく理解出来なかった。

「どうしてそんなことおっしゃるんですか」

「本人が望むことをしてやりたいと思いまして」

「でも、ご本人がおっしゃったんですか」

「言わなくてもわかります」

彼女はきっぱりと言った。妻の威厳を見せようとしている行為が、愛人と夫を会わせることだ、というのは奇妙な話であった。

「私も忙しいので、うかがえるかどうかわかりません」

「そんなことおっしゃらないでくださいよ。野口だって、死ぬ前にあなたに一度会いたいと思いますよ」

何かあったわけではない。長く続いた仲に、きっぱりとけじめをつけたわけでもなかった。ただ癌が再発した時、野口は恭子ではなく、家族を必要とした。それがわかったから恭子は、しばらく連絡を断った。野口からも電話一本なかった。それも仕方ないかもしれないと恭子は思う。自分と男とは、所詮《しょせん》健康な時の仲だったのだ。体が健やかだったからこそ、男は妻を裏切ったのだ。

最初の入院の後、野口は自分にこう言ったのだ。家族にはさんざんつらい思いをさせた。それなのに、病いを得た自分を看取ってくれようとしているのはやはり家族なのだ。君には悪いけれども、つくづくありがたいと思うよ。

野口は世間や妻子にとらわれない、自由な精神の持ち主だと自分で言い、世間にもそう思わせてきた。けれどもこれが真実の姿だったのだと恭子は思った。幻滅などしない。彼がそういうありきたりの男だったことに安堵《あんど》していた。ありきたりの心というのは、病いと戦う心と通じてはいないだろうか。野口は平凡な男となり、平凡な生を全うしてほしい。いつしか恭子はそんなことを考えている。


スタバのコーヒーとクッキーを齧《かじ》った後、少女たち二人は、新しい水着に着替え、再びライトの下に立つ。右側の少女、後藤沙紀は、ラメ入りの白いニットのビキニだ。この水着にして成功だった。ニットだから乳房の重みで少し垂れる。それが乳房の大きさと形のよさを強調することになった。

「これ、いいでしょう」

同じように撮影を眺めている編集者の高橋の方を向いた。

「サキちゃんにすごく似合ってるわ。ニットのビキニは、おっぱい大きい子が、ちょっとだらしなげに着るのが最高ね」

「だけど、あのコ、絶対にしてますよ」

高橋はちらっと沙紀のマネージャーの方を見る。ラップのBGMがスタジオに流れ、若い男のところまでは、声が届きそうもなかった。

「うーん、あの形はたぶんしてるかもね」

「でしょう」

高橋は勝ち誇ったように言う。

「僕はこの担当になって、自慢出来ることは何もないけど、おっぱいがニセモノか本物か、すぐに見分けられるようになりましたよ。他の連中は、触わらないとわかんないって言うけど、僕は半分見せてくれれば、たいてい当ててみせますね」

「フフフ……」

恭子はまだ若い頃、モデルの胸を見て、「あ、ホクロ……」と言い、マネージャーに首ねっこを押さえつけられたことを思い出した。双子のように同じ位置にあると思ったホクロは、豊胸手術の注射の痕だったのだ。

「でもいいじゃない。おっぱい大きくしたって。それで水着姿がきまるんだから」

「だって彼女たち、高校生なんですよ。高校生が手術でおっぱい大きくしてどうするんですか」

「だけど、高校生に水着着せて、グラビア出しているのは誰よ」

「仕方ないじゃないですか。読者は自分と同じくらいの年の、水着姿じゃなけりゃ見ませんよ」

「あのさ、高橋君って、この仕事、好きじゃないでしょう」

二十六歳の編集者は黙り込んだ。やがてぽつりと言う。

「そりゃ、好きじゃないかもしれませんよね。女の子の水着も、ひとりかふたり見てる分には楽しいけど、こんなにたくさん見るとねえ」

「私は好きよ」

彼の言葉を遮《さえぎ》るように言った。

「小鹿みたいなキレイな女の子が、いっぱいやってきて、水着になる。みんなピチピチした肌してる。そういうコを、いちばん可愛く見せる水着を選ぶの、私は大好きなの」

男の子がマスターベーションをするための水着姿だったら、私はうんと元気のいい、濃い精液を吐き出せるようにしてやりたいの……。

さすがにこの言葉は、舌にのせることが出来ず、ひとり胸の中でつぶやいている。

高橋君だって、高校生の頃、女の子の水着写真を見てしていたでしょう。いいえ、もっとどぎついヌードだったかもしれない。水着の女の子たちを恋人にするのは、もうちょっとロマンティストの男の子たちよね。おっぱいが丸見えでぽろりと出るよりも、布につつまれている方が好き、っていう男の子は、とてもイマジネーションが豊かだと思うの。

ブラをはずして、ってこちらが言う。すると女の子ははじらいながら、ゆっくりとブラのホックをはずしていく……っていうところまで想像出来る男の子というのは、裏ビデオやヘアヌードを利用する男の子よりも、ずっと優しくて頭がいいと思う……。

モデルの女の子は知ってはいない。知っているかもしれないが、うまくは表現出来ない。男の子たちは手を動かす直前、みんな頭の中に小さな世界を用意する。

ひたすら従順なビキニの女の子がその中に招き呼ばれていく。ある少女はいきなりビキニをはぎ取られ、ある少女は懇願される。自分のために、そのビキニを脱いでくれよ、と少年は言うだろう。

ある少女は「ダメよ……」とはじらい、ある少女は大胆に脱いでいく。すべて男の子の好みのまま行動する、グラビアの中の少女たち。

恭子はふと、自分はしっかりと野口の精液を見たことがあっただろうかと考えた。セックスの後、たいていの男は、コンドームにたまったものを、からかいを装いながら誇らし気に女に見せるものだ。けれども野口はそんなことをしなかった。彼が好んだのは外に出すことであった。決して失敗したことはない、と言っていたから、たぶん特別なテクニックがあったのだろう。

けれども後始末が大変だった。濡《ぬ》れたタオルで腹を拭《ふ》かなくてはならない。タオル地に吸い込まれていった、野口の白いザーメン。あの中に、彼の生が込められているとしたら、どうしてもっと自分はいとおしげに扱わなかったのだろうか。

生きていなければ、精液は出てこないことを、少年の誰もが気づいてはいない。少年ばかりでなく、自分も気づかなかった。生や若さがどれほど価値があるか、実感としてなかった。

たぶんもうじき、野口の死の知らせが届けられるだろう。けれども自分は泣かないような気がする。このスタジオの中にいて、ライトの中にビキニの少女を立たせている限り、死の実感は遠のいていくばかりだ。ライトもまぶしいけれど、少女たちの肌もまぶしい。整形をしていようといまいと、少女たちの乳房は大きく、今にもビキニの布を破りそうだ。そして今日のように、スタジオに入り、裸の少女に水着を着せているだろう。そして身をかがめ、ヘアがはみ出していないかチェックしているだろう。

全くこれほど、きらびやかに生を感じられる仕事があるだろうか。多くの少年たちの夢想のために、女の子にラメの水着を着せる。彼らの頭の中の小世界が、さらに淫《みだ》らになるように祈るのだ。

「だから私って、このグラビアの仕事が大好きなの。決して負けおしみじゃなくて、本当に好きなの」

そう言った後で、「だから」という言葉が出る前に、何を話していたか恭子は全く忘れていた。

メイクルーム

hair & make up

今夜の撮影はかなりかかりそうだと、岡崎龍平は腕時計を何度も見る。

五十人の女の子たちに水着を着せ、メイクをして写真を撮る。一連の流れ作業のような意識を持たなければ、とても一日で終る仕事ではなかった。

それなのにあちこちでベルトコンベアがねじれ、きしんだ音をたて始めた。モデルの女の子が不機嫌になり、うまくポーズをつけられない。カメラマンが舌うちし、しばらく休憩をとった。まだ売れてもいないくせに、事務所がイチオシとして、ちやほやするものだから、いっぱしのタレント気分の彼女は、すっかりふくれてメイクルームに閉じ籠《こ》もってしまった。龍平は声をかけた。

「ちょっとはたこうか！」

「はたこうか」というのは、パフではたく、つまりメイクを少し直そうかという意味だ。けれどもメイクルームに入ることを、スタイリストの恭子が制した。

「今ね、ちょっと気分を変えようとしているから、ちょっと待ってて」

売れっ子の女優じゃあるまいし、たかが一カット、グラビアを撮るだけではないか。それもコミック誌だから、ざらついた紙になる。つるりと綺麗《きれい》な女性誌とはわけが違う。水着で胸を寄せ、にっこりと笑う。それを手早くしなければ、青年誌のグラビアモデルなど何の価値もない。

全く何をしているんだろうと、龍平は舌うちしたい気分だ。この後はどうというスケジュールもなかったけれど、帰りにビールでも二、三杯ひっかけたい気分だ。いや、冷え込んできたから、熱燗《あつかん》の方がいい。車できたからいずれにしても、家に帰らなくてはならないだろう。けれども自分のマンションから歩いて五分のところに、「おりえ」という居酒屋がある、ここには三日にあげず行くから、どんな我儘《わがまま》でも聞いてもらえる。卵焼きにお新香だけで食べさせてもらったこともあるし、特別にきつねうどんをつくってもらったこともある。もっとも龍平は酒好きだったから、何か飲まずにはいられない。こんな夜は熱燗に、いくつかの小鉢、そして「おりえ」名物の、水菜と白身魚の小鍋《こなべ》がいいかもしれない。龍平の喉《のど》がごくりと鳴る。

それにしてもどうして夕食が出ないんだ。経費節減で、どこの出版社もみみっちくなっている。けれどもこの「ヤングエース」は、順調な売れゆきを見せて、社の柱となっているはずだ。今まで編集者がコーヒーや夕飯をケチったことはない。モデルの女の子たちが軽くつまめるように、スタジオの片隅には、いつもスタバの菓子や飲み物が並べてある。ところが今夜に限って、編集の高橋は夕食の手配をしてくれない。心ここにあらず、という感じで、つっ立っているだけだ。

もともと高橋は、あまりやる気のない編集者ということで評判がよくない。この仕事が好きかどうか、一緒にやってみればすぐわかる。高橋はモデルの女の子に対して、どうふるまっていいか全くわからないようだ。気のいいお兄さんのようにもなれず、頼りになる「編集さん」には遠く、中途半端なところで淡々と仕事をこなしている、という感じだ。

時々こんな編集者がいる。文芸やファッションを担当することが望みだったのに、会社の方針でグラビア班にまわされると、すっかり拗《す》ねてしまう奴《やつ》らだ。こんなはずじゃなかった、という表情は、女の子たちを見ている表情ですぐにわかる。いかにも飛びかかっていきそうな露骨な顔をされるのも困るけれど、高橋のように無表情というのも嫌なものだ。せっかく綺麗な若い女の子たちが、おっぱいを半分出しているのだ。もうちょっと楽しそうな顔になれないものかと、龍平はいつも思う。

もっとも自分も、一度もそんな感情を持ったことはないけれど。

岡崎龍平が、自分のことをホモセクシュアルだと気づいたのは、小学校四年生の時だ。放課後の校庭で、大好きな男の先輩がずっと逆上がりの練習をしているのを見ていたら、カーッと体が熱くなった。夢精を覚えたのはその後のことだけれども、頭に浮かべるのはいつもその先輩の顔だ。

生まれたところは静岡の田舎《いなか》だったから、それなりに悩みはした。「ヘンタイ」などと言われるのが怖さに、ずっとふつうの少年として必死にふるまっていたところがある。運のいいことに、龍平の実家は美容院であった。若い頃に離婚した母親が、四人も美容師を置いて、地元では繁盛している店だ。美容院の息子がおしゃれで、整髪料のにおいをさせていても、人はそう不思議には思わない。

中肉中背で、すっきりとした顔立ちをしていた龍平は、それなりに女の子に人気があり、交際を申し込まれたことも一度や二度ではない。とにかく自分の本性を知られたくない。必死で女の子を好きになろうとした。近寄ってきた中で、いちばん性格がおとなしくやさしそうだった女の子を選び、「恋愛」を始めた。高二の終わりには彼女と初体験を済ませたのであるが、残ったのは「こんなものか……」という醒《さ》めた期待感だけだ。

それでもとにかく女と寝ることは出来る。勢いでいくらでも射精することは出来る、という思いは、かなりの安心感を与えてくれたといってもいい。

その龍平にとって、東京というのはなんと素晴らしいところだったろうか。新宿にある美容専門学校に入ったのであるが、ここには龍平と同じような男の子が何人かいた。そのうちのひとりと本当の恋をし、心も体も固く結ばれた。当時からいろいろなアルバイトをしたのであるが、すぐにわかったことがある。東京で美容師をしていて、ホモセクシュアルな男など、それこそ掃いて捨てるほどいる。珍しくも何ともない。だから差別も偏見もないということだ。

たとえば、いま美容院業界はいくつかのグループに分かれている。サロンを何軒か持ち、ヘアメイクのアーティスト集団を擁《よう》する会社は、トップがホモセクシュアルかどうかで、グループの性格が異なる。有名なAグループは、カリスマと呼ばれるオーナーが男性にしか興味がないため、美容師たちもホモがほとんどだ。反対にBグループは、オーナーがストレートのため、ホモは全くといっていいほどいないという。

専門学校を出る時、さまざまな道があった。それはひとりの美容師として、どこかのサロンへ入るか、最初からヘアメイクアーティストとしての道を歩むか、ということだ。ヘアメイクは花形産業だし、売れっ子は芸能人のような扱いを受ける。けれどもそんな人間はほんのひと握りだ。美容師は地味にコツコツやっていかなければいけない替わりに、食いっぱぐれはない。

静岡の母からは、専門学校を卒業したら、家に帰ってきてほしい、それが嫌ならば、どこか有名サロンで二、三年勤めても構わない、と言ってきたがもちろん無視した。そして龍平が選んだのは、ヘアメイクアーティストのアシスタントになることであった。といっても、スターのヘアメイクにつくことなど至難の技だ。学校を介して行ったところは、谷村という中堅のヘアメイクだ。彼は流行のメイクが得意で、何人かのロック系の歌手を顧客に持っていた。彼について、コンサート会場やテレビ局に入っていくのが、当時はどんなに得意だったろう。有名な歌手も〝ちゃん〟づけで接し、プライベートでも一緒に遊びに出かける師匠を、羨望《せんぼう》のまなざしで見つめた。

それにしても、芸能人と言われる者たちは、どうしてあれほどヘアメイクに心を寄せるのか。ある時はマネージャーや付き人よりも、親しい関係になることがある。スタジオで撮影中、何かトラブルがあると、芸能人はメイクルームに閉じ籠もる。その時お伴《とも》にするのは、マネージャーではなく、ヘアメイクのことが多い。

「そりゃあ、ずうっと体に触れているんだもん。そういう気持ちにだってなるよ」

谷村はホモセクシュアルではなく、妻子もいたけれど、やわらかい物ごしの四十男だ。ヘアメイクに入る前、彼は必ずタレントの肩をマッサージしてやる。

「やだー、ナミちゃん、凝ってるうー。ちょっと疲れてるわよー」

口から出るのも、やさしい女言葉だ。

「ちゃんと寝てるの？　忙しいのはわかるけど、夜遊びあんまりしちゃダメよ。お肌のためにも、家に帰ってちゃんと寝て頂戴《ちょうだい》」

心から親身な声を出し、肩をゆっくり揉《も》みほぐしてやると、相手はぐんにゃりと猫のように身をゆるめる。

「あーあ、そこそこ、谷ちゃん、気持ちいー」

「ちょっとオ、ヘンな声を出さないで頂戴」

ぷっと二人で噴き出して、あたりはすっかりなごやかな雰囲気に包まれる。

四年後、谷村の元から独立した時、このテクニックはすっかり身につけていたものの、なかなか使う機会はない。それというのも、龍平は完全にフリーランスの道を選んだからである。

個人で働くヘアメイクにも、ふたとおりの選択肢がある。芸能人の専属になるか、ならないか、ということだ。大物をひとりふたりつかまえていれば、食べていくことは出来る。それどころか、その芸能人がスターになればなるほど、ヘアメイクにもライトが浴びせられる。

「○○子のアイメイクを学ぼう」

と雑誌のグラビアに出ることもある。スターの海外ロケやコンサートにも同行し、側近中の側近として、まわりからも大切に扱われる。整形している芸能人は多いので、ヘアメイクはその秘密を共有することにもなるのだ。だからやがて、プライベートの買物や旅行にもつき合うようになる。事務所の者たちの束縛から逃れたい、けれどもひとりで遊ぶことには慣れていない芸能人にとって、ヘアメイクやスタイリストといった裏方は、格好の遊び相手になっていく。適当にずけずけ言うことにより、彼らの、

「マネージャーとではなく、友だちと遊んでいる」

という自尊心も満足させてやることが出来るのだ。

しかし何かの拍子に、この寵愛《ちょうあい》が消滅することがある。スターというものはとても気まぐれだ。自分を変えてみたいという欲求がわき上がった時、新しいヘアメイクが現れると、すぐにそちらの方へ行ってしまう。整形のことを喋《しゃ》べらないという忠誠心を持ってくれるなら、新しいセンスを持った者の方が、ずっと魅力的に見える。

師匠の谷村が、そんな風にして顧客を失なってしまったのを龍平は見ていた。そうなると後はかなりみじめだ。専属というぬるま湯にいたため、出版社や広告プロダク

ションの人脈を持っていない。この業界には、演歌歌手の専属をやっていて、五十をとうに過ぎたヘアメイクもいる。あんな風にはなりたくないと思い、いろいろな仕事をがむしゃらにしてきた。

今年三十二歳になる。自分で採点して二流のちょっと上ということになるだろうか。一流の仕事はなかなかまわってこないけれども、つまらぬ仕事はいくらでもくるというポジションだ。師匠筋からまわってきたので断わりきれず、三流雑誌の仕事も時々することがある。ちゃんとした書店では置いてくれない雑誌のグラビアだ。といっても過激なヌードではない。いま業界で流行《はや》っているのは「着エロ」というやつだ。洋服を着ているのだけれどもイヤらしい、というのが若い奴らに受けているのだ。いや若い奴ら、といっても変わっている男たちかもしれない。

健康な男だったら、水着やヌードをじゃんじゃん見て、じゃんじゃんマスターベーションをするはずだ。洋服を着ている女の子の体をねっとりと眺めまわす感覚は、若い者のものとは思えない。とにかくそれはあまり楽しくない仕事だった。ギャラが安いのはもちろんだが、三流誌の編集者には気味の悪い男が多く、ろくに挨拶《あいさつ》も出来ない。安いスタジオを使うから、メイクルームも冷え冷えとしている。改築する金もなく、いずれ廃業して貸しビルにする前に、少しでも稼いでおこうというオーナーの意図が露骨にわかる。メイクルームは照明の電気がひとつ切れていたし鏡がくもっていた。備えつけのコーヒーメーカーも旧式のものだ。

　編集者が気味悪ければ、女の子を連れてきた事務所の男も気味が悪い。メイクルームから出ていかないのだ。男のマネージャーというのは、女の子がメイクをしている間は、所在なくそこらに座っていたり、携帯をかけているのがふつうだ。けれどもその男は、うっとりという風でもなく、無表情のままじっとメイクの様子を見ているのである。よく女装趣味の男がいるけれど、そんな風でもない。もっと乾いた妖《あや》しいものを感じ、こんな男についてこられる女の子がつくづく可哀想《かわいそう》になった。

　けれども悪いことばかりではない。あのボロスタジオで、翔一と知り合ったのだから。スタジオマンの翔一を初めて見た時、龍平は息を深く吸い込んだ。動悸《どうき》が激しくなり、自分ではどうすることも出来ない。なんと涼やかな目をした青年なのだろうと思った。

　いろいろタイプはあるが、ホモセクシュアルの男のほとんどはロマンティストで、ひと目惚《めぼ》れを信じる。龍平は今までもそういう風にして恋に落ちたが、翔一の時もそうだった。照明の暗さを調整したり、ロールを出す時のきびきびとした動きを、龍平はずっと目で追った。スタジオマンというのは極貧の生活をしているものだから、翔一もあちこちすり切れたジーンズを穿《は》いている。流行りもののビンテージを真似《まね》ているのかと思ったがそうでもないらしい。なぜなら、ジーンズの上のポロシャツは、ごく平凡な野暮ったいものであったからだ。

貧しく、おしゃれでもない素朴な美少年、というのは龍平の好みである。けれども撮影中に話しかけるわけにもいかず、その日は何ごともなく別れた。

しかし龍平はロマンティストであるから、偶然ということを信じた。古いスタジオは六本木のはずれにある、飲み屋やレストランに囲まれていた。龍平は雑居ビルの中に、ワインバーを見つけ通うことにした。料理もまずいし、ワインもそれほど数が揃《そろ》っているわけではない。ちょっとうんちくを傾けたい男が、女を誘ってくるような店だ。が、龍平はそこに通い続け、二ヶ月たつ頃には常連といってもいいぐらいになった。もちろん翔一がこの店に来ることを期待しているわけではない。スタジオマンの給料ときたら、ハンバーガーショップでバイトする方がずっとましというものだ。朝から晩まで働かされ休みもない。ちょっと前までスタジオマンたちは、空いているスタジオに新聞紙を敷いて寝ていたものである。結構値段が高いワインバーに来られるはずはない。

しかし龍平は信じていた。恋というのは念じれば、必ず偶然が味方してくれるものだ。そして三ヶ月たったある夜、バーの帰り道、スタジオの通用口から出てくる翔一に出会った。彼は仲間らしい若い男と一緒だった。龍平は思わず足を止め、しげしげと脚の長い痩《や》せた青年を見つめた。

「やあ、こんばんは」

　龍平は言った。

「今、帰りなの？」

　翔一は、一瞬けげんな顔をしたが、龍平の服装から業界の人間だとすぐに察したようだ。自分の勤めるスタジオを利用してくれる人種に、彼は愛想よく応じた。

「ええ、そうです。今、帰るところです」

「このあいだはありがとう。いろいろ助かったよ」

　何のことかわからないまま、翔一ははにかんだ笑顔をうかべた。龍平の動悸はますます激しくなる。

「今、夜食を食べに行くところなんだ。焼肉でもつき合ってくれないかな。友だちも一緒にどうぞ」

「あ、オレはいいです」

　ジャンパー姿の、今どき珍しいほどニキビを吹き出させた青年はあっさり帰っていった。そして龍平は翔一を誘い、近くの焼肉屋へ行った。ほっそりとした体つきからは信じられないほど翔一は肉を食べた。そしてビールを飲みながら、いろんなことを喋べった。年は二十一歳。専門学校を出たばかりだ。今に有名ファッション誌のグラビアを飾るカメラマンになりたいという。

「でもあんなスタジオに勤めてちゃ駄目だよ。一流のカメラマンなら、あのスタジオは使わないからね。目にとめてもらうチャンスなんかないよ」

「それはわかってるんですけど……」

龍平は少々ホラを吹いた。自分は有名なカメラマンを何人も知っている。もしよかったら、アシスタントに使ってもらえるように頼んでやろうか。

「有難いお話なんですけど、僕はもうちょっとスタジオで働いてみようかな、って思ってるんです。カメラマンのいろんなやり方がわかって、すごく勉強になります。それに僕、スタジオで働くのが好きなんです」

このあたりで、龍平はもうどうしようもないほど、この青年に恋をしていた。食事の後、もう一度例のワインバーへ行き、青年に赤ワインをしこたま飲ませた。自分の部屋に誘った時、翔一は驚かなかった。龍平は正しかったと言える。最初に見た時から、たぶん男と寝ることに嫌悪は示さない男だろうということはわかっていた。けれども思っていたのとは違っていたことがある。ベッドの上の翔一が、案外したたかだったということだ。九州のカトリックの学校に通っていた頃、教師とそういう関係だったという。東京に出てきてからも、たえず相手はいたそうだ。そして今、翔一は龍平の恋人である。若く綺麗な男を手に入れて龍平は嬉《うれ》しくてたまらない。

何度も言うように、龍平はロマンティストである。愛がなくては生きられない。そのためにどれほど傷ついてきただろう。しかし三十歳を過ぎて、彼は本物の恋にめぐり合ったのだ。翔一のためなら、なんでもしてやりたいと思う。まずは部屋を借りてやった。それまで翔一は四畳半ひと間に友人二人と住んでいたのであるが、龍平は六本木のワンルームを契約してやった。本当は龍平が住んでいるマンションに招き入れたいところであるが、まだその時機ではないだろう。それに同性愛の仲間を見ていても、一緒に住むというのは問題が多い。別れる時にこじれにこじれてしまう。

翔一のために用意してやったのは、おままごとのようなバスルームがついている、八畳ほどのワンルームだ。けれども六本木なので、賃料はそこそこする。翔一のために、もっと働かなくてはと、龍平は新婚の夫のような気分になっているのだ。

この雑誌の仕事は、決して嫌いではない。十代の少女にメイクをするというのは、テクニックがなければ出来ないことだ。龍平はつくり込むメイクも得意であったが、少女のために、ごく自然な化粧をするのも好きだ。肌が綺麗な子だったら、ファンデーションを塗らず、さっと頬紅《ほおべに》をのせるようなこともする。目が腫《は》れぼったい子には、アイラインは使わず、マスカラだけで仕上げてやる。こういう子にアイラインをひくと老けてしまうからだ。唇はかっちりひかず、リップクリームだけで仕上げることもある。足し算のメイクよりも、ひき算のメイクの方が、はるかにむずかしいというのが、龍平の持論である。

けれども最近は整形してくる子が多いので本当にむずかしい。特に整形したてでやってくる子は、ファンデーションがうまくのらない。ベースがつくれないので、とても時間がかかる。

あの歌手の影響だろうか、目の端を切って大きく見せるのが流行っている。これもアイメイクがしづらい目だ。整形している子はたいてい、

「自分でするからいいです」

と絶対によく知らない者に触れさせない。そこまで神経質にならなくてもいいのにと思う。ヘアメイクというのは、人が考えるほどお喋べりではない。特に自分に心を許してくれた者の秘密は、外で喋べったりはしないものだ。それに有名な女優ならと

もかく、モデルの整形などあたり前過ぎて、人に話すこともない。

それにしても「十把《じっぱ》ひとからげ」から、頭ひとつ抜きんでようとする女たちの意気込みの凄《すご》さに、龍平はいつも圧倒される。あるモデル事務所は、半強制的に整形をさせるらしい。病院も決まっているから、みんな同じ鼻になる。

ある時ＣＭの撮影で、そこの事務所の女の子が五人一斉に並んだことがある。横から見ていて、龍平は声を上げそうになった。高さといい、形といい、全く同じ鼻が五つあるのだ。よくもまあ、これだけ同じにしたものだと驚くほどだ。病院は万が一、五人が同時に売れることなど、考えもしなかったのだろうか。

それにひきかえ、今夜のモデルの子はなかなかのレベルだ。顔をいじっていないのはすぐにわかる。天然でこの目の大きさはたいしたものである。ちょっと受け口気味の唇もいい。男の子たちが、グラビアモデルに要求する最大のものは「従順さ」だと龍平は思っている。にっこり微笑《ほほえ》んで水着をまとっている彼女たちも、自分が命じるとおずおずとそれを脱ぐ。そして自分の命令するとおり、女の子たちは犬のようにはいつくばったり、自分の股間《こかん》に顔を埋《うず》めたりする……。グラビアモデルに男の子たちが求めるのは、こうした素直さではないだろうか。それからすると、今夜の女の子はとてもいい。勝気そうな大きな目と、やわらかい線を描く唇とのアンバランスがとてもいい。けれども困ったことに、何が気に入らないのかわからないが、ずっと部屋に閉じ籠もってしまっているのだ。

龍平はドアをノックする。中からスタイリストの恭子が顔を出す。

「おい、おい、どうしたんだ。まさか水着になるのがイヤだなんて、ここに来てごねてるわけじゃないだろうな」

恭子とは長いつき合いだ。このくらいのことは多くの言葉を交さなくても、すぐに通じる。

「リエちゃん、どう、少し気分がよくなった？　気分がよくなったら、ヘアメイクの人に、少し顔を直してもらおうか、どう？」

この少女はリエちゃんというのかと、龍平は少女のバスローブを羽織った肩を眺める。名のあるタレントならともかく、五十人のほとんどシロウトのモデルの名など、いちいち憶《おぼ》えているわけはなかった。その点、スタイリストの恭子は、彼女たちに対して誠実にすぐに名前を憶え、ひとりひとりはっきりと名を呼んでやる。センスはいまひとつ古くさいような気がするが、恭子がまあまあ売れて、写真集も名指しが多いのは、こういう心構えがあるせいだろう。

「じゃ、メイクお願いします」

リエという名の少女がこちらを向いた。顔が青白い。ヌードの撮影で、緊張のあまり具合が悪くなる子がいるが、今日はちゃんと水着を身につけている。いったい何がいけないのだろうか。

とりあえず龍平は少女の傍《そば》に立った。さっきメイクをしたばかりなので、そう加えることはない。パフではたいて、にじみ出た脂《あぶら》を押さえるぐらいでいいだろう。

少女は形のよい鼻を持っていた。整形したあの鼻とは比較にならないほど、すうっと高い鼻だ。その両脇に軽くパフをはたいていく。そして鏡を見て様子を見る。その時龍平は、パフごと温かいものに包まれた。少女は嘔吐《おうと》し始めたのである。

「ワー、どうしたの」

龍平はあわてて後ずさりし、水道の蛇口をひねった。急いで手についたものを洗う。それなのに少女は、ゲーゲー吐き続けるばかりで、謝ろうともしない。龍平は嫌がらせのつもりで、わざと大きな水音をたてる。

恭子の声がした。

「リエちゃん、あなた妊娠してるんじゃないの」

しばらく沈黙が流れた。

「わかんない……」

「わかんないも何もさ、さっきから気分悪いって言って、今のゲロ。私は妊娠したことないけど、食あたりにしちゃあおかしいじゃない」

「わかんないよ……」

「あのさ、最後に生理あったのいつ」

少女は黙り込んだ。

「ねぇ、明日でも絶対お医者さんに行きなさいよ。親御さんにちゃんと話して、つき添ってもらうの。恥ずかしいし、イヤかもしれないけれど、ちゃんと親には言わなきゃいけないの。わかった？」

ことのなりゆきに、龍平はどうしていいのかわからない。今までも妊婦をメイクしたことはあるけれど、今日のモデルの子は高校生ではなかったろうか。

「それでね、今はつらいかもしれないけど、ちゃんとお仕事して頂戴。リエちゃん、今日はプロとしてこのスタジオに来てるんだからね。スタジオじゃ、たくさんのスタッフが働いてるのよ。リエちゃんはゲーゲーして苦しいかもしれないけど、ちゃんとスタジオに立って。ちゃんとやろうね。それがプロってもんだからね」

わかったと、リエは立ち上がる。

「ちょっと待ってね」

龍平はピンクの頰紅を入れる。顔色の悪さをカバーしなくてはならない。

「ヘアメイクさん、さっきはすいません」

「いいのよ。それよりも体大切にするのよ。途中で気分悪くなったら言ってもいいのよ」

少女はバスローブを脱ぐ。素晴らしいプロポーションだった。尻がきゅっと上がっていて、脚が腰の下からぐうっと伸びている。ビキニのブラジャーから、乳房がはみ出しそうになっているが、妊娠によるものも大きいかもしれない。

少女はスタジオに向かって歩いていく。案外がんばり屋じゃないかと、龍平は思った。

どうせ赤ん坊は堕《お》ろすんだろうけれども、妊娠するってどんな気分なんだろうか。父親になるというのも、奇妙な思いにとらわれるようだ。ふと、間違いなく自分は子どもを持つことはないだろうなあと思った。静岡の母は、早く孫を見てみたいなどと言うが、自分の息子がどういう性癖なのか知らないわけはないだろう。

翔一は子どもが欲しいだろうか。もちろん欲しいに決まってる。あの子は、私と違ってバイセクシュアルだ。男とも寝ることが出来るし、女の子とも出来る。案外近いうちに、若い女とどうにかなるかもしれない。バイの男に多い。ある年齢になると、家庭が欲しくなって、ふつうの女とふつうの結婚をしようとするのだ。その時、自分はあっさりと捨てられるのだろう。

龍平は翔一との別れの日を思い浮かべて、とても悲しい気持ちになる。たぶん自分は泣くことになるだろう。妊娠した少女のせいでついいろんなことを想像してしまった。どうせ腹の子の命はすぐに消えるだろう。そうなるのが当然だと、今夜の龍平はとても意地悪な気分になる。

うさぎ狩り

photographer

「まいったなあ……」

金谷は舌うちしたい気分になる。さっきからシャッターを押しているのだが、どうも決まりの一枚が撮れない。

「君の恋人志願大集合」

と名づけられた、コミック誌のグラビアだ。五十人の女の子を撮るのだから、どうでもいい女の子たちは適当に手抜きをする。いつものことであるが、プロフィールの写真と、実際の彼女たちの間にはあまりにも差があり過ぎて笑ってしまうほどだ。

「ちゃんとオーディションはしてますよ」

若い編集者は不満そうに言うけれども、中には〝並以下〟の子が何人かいる。仮にもビキニを着、にっこりと微笑《ほほえ》んで、男の子たちのマスターベーションの手助けをしてやるのだ。ある程度のレベルは確保しろと金谷は言いたくなる。目鼻立ちがパッとしない女の子たちを、とにかくグラビアに載せられるぐらいに撮るのに、自分がどれほど苦労しているか、人に聞かせたいぐらいだ。アシスタントやスタジオマンたちを使い、準備には時間をかける。ライトの位置を調整し、背景のスクリーンも何度か試してみる。

もちろん可愛《かわい》い子も何人かいるから、この子たちを撮る時はシャッターもはずむ。パシャ、パシャというシャッター音も軽やかだ。こういう子たちは撮れば撮るほど表情がよくなるからつい時間をかける。

カメラは本当に正直なもので、不器量な子を前にすると、とたんに萎《な》えてしまう。シャッターを押す者の気分がそのまま伝わってしまうのだ。

「もうダメだな」

と思うと、軽く撮ってしまいたくなる。後でうんと小さく扱ってもらえばいいことだ。

けれども金谷は心やさしい男だった。この仕事をしていて、スタジオに立つ女の子たちがどれほどナーバスになるかも知っている。

「パシャ、パシャ」

とたっぷり聞こえていたシャッター音が、自分の番になって急に貧しくなると、それは気になるものだ。だから金谷は公平に見えるように、空のシャッター音をしばらく聞かせることがある。この「ヤングエース」は、ちゃんとした出版社で、まあまあ売れているから、経費をうるさく言われることはない。フィルムに関してもすべてカメラマンの裁量に任されている。

ところが金がない小さな出版社は、フィルムについてもうるさく言ってくる。ワンカットで一本以上は使わないようにと本気で言い出すところがあるのだ。だからせめて余裕のある出版社の仕事では、女の子ひとりひとりを大切に撮影するように金谷は考えている。少なくともそう見えるようにはだ。

ましてや今撮っている仕事は、特集のトップを飾る写真なのである。編集者は「ピン」で使うかもしれないと言っていた。ピン、つまり一ページをひとりで飾る女。それは他の女の子たちが、狭いケージに詰め込まれているニワトリだとしたら、ひとり広い庭を走りまわっているクジャクかもしれない。とびきり美しいと証明されているようなものだ。

しかし大手の事務所がイチオシで連れてきた女の子が、どうもうまくいかない。こうしたグラビア撮影が初めてのはずもないのに、笑顔がぎこちなく、ポーズもうまくつくれないのだ。

さっきからポラを見ていたのだが、とても満足がいくものではなかった。

「ちょっと水着替えてくれないかな」

スタイリストの恭子に言った。とっさに彼女は不満そうな顔をする。金谷よりもずっとベテランのスタイリストだ。

「ちょっと気分を変えようと思ってさ」

金谷はスタジオ中に聞こえるような大きな声を出す。

「裕奈ちゃーん、ものすごく可愛い写真撮るからさー、水着替えてよー。もうちょっとおっぱい見せてみようよ」

「やだーっ」

裕奈がくっくっと低く笑った。笑顔は確かに高校二年生だ。けれども体が、あどけない顔を裏切るように、いささか品のない曲線をつくっていた。胴のくびれなどは、とても十代のものではない。顔と体に大きな落差がある。男の子がいちばん好きなタイプだ。この少女の魅力をたっぷりと味わわせてやるためにも、もっといい写真を撮らなくてはならなかった。

あまりピンの子にはさせたくないポーズであるが、ややかがむようにして、胸をぴっちり寄せてもらおうか。そうすると胸の谷間がさらに深い影をつくるはずだ。裕奈の胸は不自然な大きさである。盛り上がり方も大げさだ。おそらく整形しているのだろう。

「みんないろんなことをしてるわよ」

若い恋人の声を思い出した。

「生理食塩水入れたり、シリコンだったりするわ。でも私は違うわ。ほら、触ってみればよくわかるでしょう」

金谷は今年三十八歳になる。酒と美食のために、かなり危険地帯に入った体重以外では、まあうまくいった人生だったかもしれない。今までは、だ。

金谷は在日三世である。戦前日本に来た祖父は、過去をあまり語らず、父はいつも日本と日本人を陰で罵《ののし》っていた。陰で、というのは、金谷が中学生の時には、父の経営する焼肉店は三軒に増え、チェーン展開を始めていたからである。後に七軒まで膨らんだ焼肉店のおかげで、父は成功者の部類に入った。

けれども父は日本人を好きになろうともしなかったし、理解しようともしなかった。

金谷の妹が、日本人と結婚しようとした時は当然大騒ぎになり、親子の縁を切るとまで言ったものだ。しかし孫が三人も出来、妹の夫が店の経営を手伝うようになると、あまり大声で日本人の悪口を言うことはなくなった。孫に流れる血の半分が、日本人だということに気づいたからだ。

社長をしている金谷の兄は、

「親父《おやじ》の気持ちはわかる」

と口にする。が、五歳下の金谷となると、このあたりの感情が実に曖昧《あいまい》になってしまう。時代も違うし、何よりも家が裕福なことが幸いして、差別を受けたり意地悪をされたという記憶があまりないのだ。

「お前は本当に甘ちゃんだよ。ほら、うちの一家が帰化する前には、どんなに嫌がらせされたか……」

と兄に言われても、そうかなあ……と首をひねってしまう。父は商売上のこともあってか、息子たちには民族教育を受けさせず、私立の中学、高校へ進ませた。そう偏差値は高くないが、金持ちの子どもたちが通うところだ。

ここの中学で金谷は「何とはなしに」写真部に入った。叔父の持っていた一眼レフを使いこなしたいと思ったのがきっかけだ。ここで熱心な教師に出会い、写真の基本をいろいろ習った。高校の時には、学生のコンクールで入賞したこともある。この時、親にねだってミノルタの最新のカメラを持っていたのであるが、これは大層羨《うらや》ましがられた。

「金谷みたいに、ふつうじゃない金の儲《もう》け方をしているうちにはかなわないさ」

と部員のひとりに言われたのが、差別といえば差別かもしれない。

大学は当然のように、日大芸術学部の写真学科に入った。篠山紀信をはじめとして多くの有名写真家が卒業したところだ。ここで金谷は多くのカメラマン志望の若者たちと出会う。うちのめされるほどの才能の持ち主もいたし、

「どうしてこの学校に来たのか……」

と首をかしげたくなるほど、写真に対する技術も興味もない者もいた。そして金谷は知る。自分はどうみても「中の上」クラスということをだ。よほどの運をつかまないことには、世に出ていくレベルのカメラマンにはなれないだろう。そうかといって、自分の勇気と体力に賭《か》ける、報道カメラマンになるつもりもなかった。まだバブルの残滓《ざんし》がある頃だったので、ファッション写真に人気があり、エディトリアルカメラマンを志望する者が多かった。

学生時代のアルバイトで縁をつくり、金谷はある出版社の嘱託カメラマンになった。ここの出版社では、表紙やグラビアの大きな写真は、外部の有名カメラマンに依頼す

る。金谷のような新人がする仕事ときたら、洋服のアイテム別の物撮《ぶつど》りだったり、食べ物屋の取材だったりする。やがてグラビアも任されるようになり、三十を前にして退社を決めた。いざとなったら、父親の仕事を手伝えばいいと思っていたのであるが、仕事は順調だった。

「どんな条件でも、女の子を綺麗《きれい》に撮る」

と、いろいろなところで重宝がられている。この重宝がられている、という言葉は、果たしていいのかよくわからない。たいしたものを要求しなければ、いろいろうまく使ってもらえるという意味だろうか。確かに仕事に対して、うるさい注文をつけたことはない。プライドうんぬんよりも、相手の立場になり、仕事をやりやすくすることを考える。その場をなごませるために、そう面白くないジョークを連発するし、気のきかぬモデルにも荒い声ひとつたてたことはない。金谷はやさしい、性格のよいカメラマンと言われた。

仕事の方はかなりきわどいヌードを撮ることもあったし、呉服屋のパンフレットを撮ることもある。このところこのグラビアシリーズが好評で、ずっとレギュラーで撮っている。新人のモデルを使った写真集も四冊出した。そのうち一冊は、モデルが急に人気が出たこともあり、なかなかのベストセラーになったものだ。

六年前に結婚した相手は、国内線の客室乗務員である。すぐに子どもが出来た。四歳になる娘は可愛い盛りで、まだ元気な金谷の両親は、それこそ競争でものを買い与えている。

まあまあうまくいったと、金谷は思うことがある。早い時期に達観したのがよかったのかもしれない。自分の力量だったら、おそらく一流のカメラマンにはなれないだろう。強烈な作品世界によって、一般の人々にも名前を知られるカメラマン、自分がそんなひとりになれるとは思わなかった。またそのために努力し、挫折《ざせつ》するのも嫌だった。サラリーマンと違い、アーティストの業界は、分不相応の野心を持つと悲惨な結果が待ち受けている。他人を羨み、自分の才能に絶望する人間を何人も見てきた。野心と実力、運との三つがバランスよくまわっていかないと、精神に支障をきたすこともある。

金谷は最初からそんなことは望んではいなかった。子どもの頃から好きでたまらなかったカメラで食べていけることがまず大きな幸運なのだ。たまに個展をやることが出来、何冊か写真集を出版することが可能だったら、それで充分だと思っていた。そしてその願いは、十二分にかなえられた。

仕事は途切れずにあるし、B級の世界ではあるが、売れっ子と言われている。実家の援助で、汐留《しおどめ》に人気のマンションを買った。妻が子育てに夢中なのをいいことに、たまにモデルやホステス相手に、軽い浮気もする。それほど上を渇望しなければB級にはB級の楽しさがある。こんな自分の人生に、金谷はおおむね満足していたといってもいい。

そんなある日、金谷の前に亜美が現れたのである。亜美はこの「ヤングエース」のグラビアページが生んだ、初めてのスターと言われている。亜美を見つけたのは自分とは言わない。けれども、

「この子、すっごくいいよ。どのくらいの大きさにするの？　そんな十把《じっぱ》ひとからげはもったいないよ」

編集者に言ったのは、彼女にとっては初めてのチャンスといえるものだったのではないか。

青いビキニを着た亜美を、金谷は念入りに撮った。シャッター音を聞かせれば聞かせるほど、笑顔がよくなっていくのがわかった。目が大きく、あどけない顔をしているようで、大人の端整さも持っている。矯正《きょうせい》はしていないというが、白い歯がとても綺麗だった。何よりも素晴らしいのがその乳房で、ビキニのブラジャーからはみ出すほど大きく、牝牛《めうし》のような円錐《えんすい》型ではない。完璧《かんぺき》な半円型をしているのだ。

そう大きくはない写真であったが、

「ものすごくかわいいコがいる」

という情報がインターネットでとびかい、その後、金谷が撮りグラビアで特集を組んだ。

亜美はやがてバラエティ番組に出ることとなった。胸が大きく開いたドレスを着て、お笑いタレントのからかいを適当にあしらう亜美は、大層可愛らしく善良で、また頭の悪そうな女に見えた。深夜テレビを見る男たちの、大好きな女である。亜美はテレビでも好評を得、視聴率の高くない真夜中の番組で、レギュラーを得ることとなった。

金谷と関係を持ったのはこの頃である。最初はマネージャーを含めて三人で飲んでいたのであるが、いつか二人きりになった。

「私、金谷さんにいつか写真集撮ってもらうの夢なの」

と亜美がねっとりとした視線を寄こし、薄いニットの下の乳房が息をするたびに大きく隆起している。誘ってもいいかなと思ってそうしたら、ホテルに従《つ》いてきた。

これにはちょっと驚いた。

もちろんモデルと寝たことは何度もある。堅い子は何人もいるが、カメラマンと夜二人きりで飲もうという女は、心も体もゆるやかに潤っている。それをうまく、ちょっとついてやればいいのだ。けれどもそういう女たちは、業界での自分の場所をわきまえている女だ。亜美のような上り坂の女が、どうして自分のようなカメラマンとつき合おうとするのか金谷はよくわからなかった。寝ておいて、わからない、というのは失礼な話であるが、いろいろな女を見てきて、女にはちゃんとしたルールがあるというのが金谷の見解である。

女というのは、その時自分と合った男とだけ寝る。落ちめの時は低い場所にいる男とくっつくし、気分が高揚している時は、ずっと上の男を狙《ねら》うものである。亜美のように仕事がうまくいき始め、チャンスをつかみかけた女は、決して自分のような男を選ばないものだ。有名なカメラマンや、テレビのプロデューサーといったあたりが彼女の相手になる。もしかすると何か誤解をしているのではないかと金谷は思ったくらいだ。しかも亜美との関係は一度や二度ではない。途切れることなくずっと続いているのだ。

最初に会った三年前から、亜美はそう長くない興亡《こうぼう》の歴史をたどった。新グラビアクィーンのように言われ、写真週刊誌のグラビアをたびたび飾ったこともある。有名なカメラマンに撮られた夜は、そのポラを大切そうに持ち帰ってきた。

「あの先生って、撮るのがものすごく早いの。パチパチッて撮って、はい、アミちゃんおわりだって。私、手抜かれてるのかと思った。でもね、すごくいい写真なのよ。まるで私じゃないみたいに映ってる」

ほら、とポラを差し出す。プロの金谷はそのポラを見て、どれほど綿密に照明が計算されているかわかった。大物カメラマンに撮られているという昂《たか》まりが、亜美の表情にも表れていて、確かにいつもの五倍晴れやかな表情になっている。

「さすがだな」

「でしょう」

亜美は満足そうに頷《うなず》いた。

「先生ったら、『週刊未来』の《旬《しゅん》旬《しゅん》ガール》のページにも出てねって。私、結構気に入られたみたい」

「よかったじゃないか」

金谷は愛人の成功を素直に喜んだ。

「ねえ、私がすごく売れちゃって、有名になるのって嬉《うれ》しい？」

亜美は金谷の首に手をまわす。こういう時彼女は、まさに猫のようだ。食べものをねだろうと飼主にまとわりつく、甘やかされた可愛い猫。

けれどねだられても、何も金谷は持っていない。これで外見でもよければ、話のツジツマが合うのであるが、中年に近づきつつある、肥満した家庭持ちの男だ。

「いいの。だってアミ、カナちゃんといるとすっごく安心するの。ものすごくあったかな気分になるの」

「そうか、それじゃオレは癒《いや》し系ってやつか……」

「時々エッチなことする癒し系だけどね」

亜美はくすくす笑いながら、金谷の唇を自分の唇でねぶる。キスではなくねぶるのである。その技術から、金谷は亜美の過去を思いやることが出来る。亜美の体を味わってみたが、そう経験を積んでいるとは思えない。けれども彼女が身につけているいくつかの技は、どこかちぐはぐな感じがした。体の熟れ方と男を喜ばせる小技とが比例せずに、いびつなのである。

「私って、あんまり恵まれなかったかも」

酔った亜美が言ったことがある。

「一歩間違えると風俗行ってたかもしれない。私、ホントに売れたのが早くてよかった。売れるのが半年遅かったら、私、どこかで働いていたっていう気がするな」

ある時から、堰《せき》を切ったように自分のことを話し始めた。

「とにかく貧乏だったのよ。今どきあんなに貧乏なうちってちょっとないんじゃないかって思うよ。もうヒサン、ヒサン、ヒサン。ワイドショーに出てくるくらいヒサンだったの」

亜美は「悲惨」という言葉を、少々奇妙なイントネーションで発音した。

「父親はさ、女つくって家を出ちゃうし、母親がひとり働いたって、私と弟を食べさせられるわけないわ。それで生活のために、つまんない男とくっついちゃうからサイテーよね。それでね、その男がもうサイアクで、私が中学生になった頃は、いやらしい目で見るわけ。美佐子は結構いける女になるよな、なんて言い出すじゃない。あれじゃ、家出たくなるのあたり前よね」

亜美の本名は美佐子と言う。亜美という名前は自分で考えついた。いつか芸能人になって有名になるのだと、子どもの頃からサインを研究していたのだと言う。

「でもさ、家出するっていってもお金があるわけがないわよねえ。それでね、子どもなりに考えたの。あの男、絶対に私に手を出してくるだろうって思ったから、母親の留守にちょっとそれらしい態度とったの。もちろん来たのね。危機一髪っていうところで逃げて、母親に言いつけた。ああいうとこがやっぱり母親だと思ったんだけど、すぐに私と弟を連れて家を出たのよ。だけど、あの男とは切れなかった。あの男のアパートに通うようになったんだから、まるでおメカケよね。それで私たち前よりもビンボーになっちゃったんだから笑っちゃうわ」

お風呂もないアパートに住み、近所の人からもらったお下がりの制服を着ていた。中学の時は同級生からいじめにいじめられた。高校へ進学する余裕はなく、先生が薦《すす》めた単位制の高校へ通い、その合い間にコンビニやスタバで働いた。スカウトされたのはその頃だ。

「私も苦労したけどさ、カナちゃんだって苦労したんだよね。私にはわかるもの。カナちゃんが在日だって聞いた時に、私ってピンときちゃった。あ、私と同じ人だ。私みたいにいじめられて、イヤなめに遭《あ》ってきたんだって。それでこんなに太ってて明るいから、本当にいい人だと思ったの」

そんなことはない。僕の時代はもうそんな差別もいじめもなかったよ、と言っても亜美は信じてくれない。

「いいわよ、そんなにミエ張らなくたって。アパートにさ、カナちゃんみたいな在日の人がいたけど、うちよりもずっとヒサンだったよ。仕事もなかったし、日本人にずうっといじめられてたって。日本人がどれだけひどいことをしたかって、おばさん、酔っぱらうと私に話してくれた」

そして自分の生いたちを語った後は、その内に籠《こ》もった熱さと力とが、亜美に未来を語らせる。

「私、絶対に売れっ子になってみせる。テレビの世界でも私、ガンガンやってけると思うの。バラエティなんて簡単だもの。にこにこ笑ってバカのふりして、たまにエッチなこと言えば、みんな大喜びしてくれるもの」

来月からレギュラーの番組がもうひとつ増える。顔が売れてくる前に、ちょっと直すつもりだと言った。

「二重《ふたえ》をもっとはっきりさせて、唇はぼってりさせるの。今さ、クリニックの先生といろいろ相談してるところ。二、三箇所、ちょっといじるだけで私って、ものすごい流行《はや》りの顔になれるのよね」

「おっぱいだけはいじらないでくれよな」

金谷は本気で言った。以前整形した女とつき合ったことがあるが、水平に寝ても盛り上がったままの乳房は好きになれない。何よりもあの異物感が気味悪い。

「そりゃー、やるわよ。私ぐらいのおっぱいなんていくらでもいるもの。もうちょっと大きくするのあたり前だわ。今ならニセモノだってほとんどわからないもの」

ねえ、私を見ていてと亜美は言った。

「私絶対に有名人になってみせる。テレビにだってバンバン出るコになってみせる。

ヌードになるのはその時よ。今なら安売りだけど、売れてからパッとヘアだって見せる。そしてもっともっとビッグになるのよ」

　亜美が自分にねだるものが何だったか、やっとわかってきた。急激に伸びようとする女には、ダストボックスのような男が必要だ。自分の野心、企《たくら》み、汚なさを吐き出させてくれる男がいなければ、亜美のような女は生きていけない。テレビに出るようになってすぐ、亜美は大物お笑いタレントとつき合うようになったが、こちらはハレとケでいう、ハレの女だったろう。亜美は徹底的にハレの女を演じた。いや、演じるというのではなく、人に多少顔を知られる美しい女だ。有名人の男に愛される女というのは、亜美の持っているもうひとつの顔だったのだろう。

「すごくいい人なの。私のこと大切にしてくれるわ。だけど他に女の人がいっぱいいると思うし、そう長く続くことはないと思うの。でも今の私は、ああいう男の人とつき合うことが大切だものね」

　その言葉どおり、大物お笑いタレントとの仲は、半年も続かなかった。が、男のマンションから出てくるところは、しっかりと写真週刊誌に撮られた。早朝、ニットキャップを目深《まぶか》にかぶり、車に乗り込む亜美の姿はとても可憐《かれん》で、それが彼女のピークの姿となった。

今の亜美は、どうひいきめに見ても、落ちめであろう。レギュラー番組は今年の秋になくなり、たまにバラエティ番組に顔を出す程度だ。グラビアに載る回数もめっきり減った。今、どの雑誌を見ても、若く美しく、大きな乳房を持った女で溢《あふ》れている。同じような笑顔、同じようなポーズで身をくねらせている。そして雑誌をめくる男たちにこうささやいている。

「私を抱いて。私を想いながら射精をして」

亜美はこうした女たちの中から脱け出したはずであるが、その脱け出した場所でまた立ち止まらなくてはならなくなった。けれどももう元に戻ることは出来ない。元に戻ることは出来ないから、亜美はますます狡猾《こうかつ》に猛々《たけだけ》しくなっていくようである。

「今度ね、Vシネマに出ようと思ってるの。監督が会ってくれって言ってるのよ。事務所の方もあれこれ言ってるし、役によってはもちろん脱ぐつもりよ。私だってもう二十五歳になるんだもの。ここいらで勝負に出なきゃね」

亜美からの連絡はいつも一方的だ。一月《ひと》に一度か二度、突然携帯が鳴る。今夜どうしても会いたいと言う。金谷はよほどのことが入っていない限り、予定をキャンセルし、アシスタントもうまく帰らせ、ひとり仕事場で待つ。仕事場にしている麻布十番《あざぶじゅうばん》のマンションは、一部屋にベッドを置いて泊まれるようにしてある。亜美とセックスするのはこの場所だ。抱いていると亜美が変わったのがよくわかる。服の脱ぎ方、好みの体位、半分演技のあえぎ声を出すタイミングも変わった。それを見るのが金谷は楽しい。自分のぜい肉の盛り上がった腹の上に、全裸になった亜美が、脚を大きく拡《ひろ》げて乗ってくる。そして自分のペースで腰を動かし始める。下から見ると、亜美の乳房はさらに大きく、それがリズムを持って上下に激しく揺れるのは、何か楽器のようで楽しかった。

ふと亜美を「自分の作品」だと思う。使い捨てのようなグラビアの仕事ばかりしている。たまにタレントの写真集を出すが、グラビアの寄せ集めのようなものだ。自分はおそらく作品集というものと一生縁のないカメラマンとして終ることであろう。けれどもごくまれに、このような女を世に残すことが出来るのだ。こすっからくて、美しくて、そしていつも悲しい女。なかなかのもんじゃないかと思う。この女は決して使い捨てにはならない。みじめなおちぶれた姿になろうと、世の中に残っていくはずだ。この形成に金谷は一役も二役もかっている。確かに自分の「作品」。そして金谷はこの作品に固執もしていなければ、独占しようとも思わない。だからこそ亜美も彼から離れようとしないのだ。

撮影が再び始まった。さらに大胆な水着に着替えたモデルは、肌が白々として見える。よく手入れされたビキニラインは、黒ずみひとつない。

大手の事務所がイチオシということで、マネージャーもついてきている。あちこち直してはいるらしいが、笑顔もいい。大きなおっぱいも最高だ。

この女を世の中に出してやりたい。素直にそう思う。たとえ嫌なことが待っていようと、本人があちらの世界に行きたいと願っているのだ。それならばかなえてやるのが、彼女の野心にかかわり合ったものの務めだろう。

金谷は自分がふと女衒《ぜげん》になったような気がした。いいぞ、撮影がのってきた証拠だ。いや女衒というよりも猟師か。うさぎを罠《わな》にかけては、男たちの前に差し出す。白い白いウサギ。

自分の腹の上に乗る亜美を思い出した。大きく白い脚を拡げ、毛の生えている場所と、男の毛の生えている場所とを、カルタのようにぴったりと合わせようと動く。そしてやがて叫ぶ。

「もっと、もっと」

と叫ぶ。男たちへの生贄《いけにえ》として差し出されるうさぎが自分の意志を持つ時、初めてそれは金谷の作品となるのだ。

バスローブ

manager

今日の編集さんは最低だな、と俺は思った。

だってそうだろう。どうしてこんな仕事をしなきゃいけないんだろう、っていう態度があからさまなのだ。

うちの女の子を見る目も無気力で、まるっきり覇気というものがない。同じ編集さんでも、楽しそうにてきぱき仕事をする人がいるけど、まるっきり違うな。いくら早稲田の文芸を出ているといっても、水着グラビアの仕事を、こんなに嫌がることはないだろう。

しかしまあ、自分に与えられた仕事は、きちんとしようとする真面目《まじめ》さは買わなければいけないかな、と思う。軽くつまんでください、と言って、飲み物や菓子をたっぷり用意してくれたものな。これが弱小出版社だと、ウーロン茶かミネラルウォーターしか出さない。俺は我慢するけれども、女の子が可哀想《かわいそう》だ。彼女たちは体重を気にして、いつも食べ物をコントロールしているが、撮影の最中はちょっとクッキーやチョコをつまみたいものだ。それなのにお菓子はおろか、食事時になってしぶしぶコンビニ弁当を出すところは結構あるよ。

まあ、俺はこの仕事を十年近くやっている。三十になったばかりだというのに、かなりのキャリアだ。そしてつくづくわかったんだけれども、エリートという奴《やつ》らは、本当にとんでもないね。自分たちが特別だって勘違いしている。

週に一度は、女の子を連れて各編集部をまわっている。大手の出版社ほど、感じ悪いよ、ホント。意外と思われるかもしれないけれども、この業界のランクは、週刊青年コミック誌がトップで、その後おじさんが読む週刊誌、エッチ系週刊誌が続く。なぜ、紙がざらついた、あの荒っぽい感じのコミック誌がいちばん上にくるかというと、発行部数が違うからだ。百万、二百万という数字で出ていく。おやじが見る週刊誌のグラビアも、ステータスがあるけれども、あそこではセクシーさが売り物だ。女の子の質もかなり変わってくる。はっきり言って、俺の得意分野じゃない。俺が好きなのは、純粋に可愛《かわい》い女の子なんだ。もちろん胸が大きいのは絶対必要条件だけど、清潔感がなくっちゃ困る。

それでとにかく、俺はうちの女の子を連れて各編集部をまわるわけだ。

「新人の水間カンナです。よろしくお願いします」

「おたくにぴったりだと思うんですが、いかがですかね」

とまあ、女の子をセールスする。

「まるでゼゲンみたいなことをするんだな」

最初に俺の仕事を聞いた父親は、冷たくこう言いはなったけれども、俺は最初ゼゲンっていう言葉を知らなかった。「女衒」と書いて、女を女郎屋に売り飛ばす仕事らしい。まあ、似たようなものかもしれないけれども、こっちにだって少しはプライドっていうもんがある。グラビアモデルの魅力ひとつで、本の売り上げだって変わってくるんだからな。

それにうちの事務所の女の子は、女郎屋とは違うから裸にはならない。小さい水着をつけてにっこり笑うだけだ。

そういう彼女たちを連れて、俺はいろんな出版社をまわる。大きいところから小さなところまで、精いっぱいにこやかに「オハヨーございます」と叫んで入っていく。

ここで頭にくることはいっぱいある。ちゃんとアポをとっていったのに、すっぽかされることがしょっちゅうだ。会社に行っても、

「時間がないから、資料だけ置いといて」

横柄に言う相手にいちいち頭にきていたら、この商売はとてもやってられない。はい、わかりましたって、写真と資料を渡すさ。

女の子の方だって苦労していると思うよ。どんなに寒い時だって、洋服の下に水着を着てるんだからね。ちょっと、見せてよ、って編集さんに言われた時の用意だ。たいてい会議室かどこかを用意してくれるから、彼女たちはトイレで上を脱いでくる。もちろん廊下を歩く時は、コートか何かひっかけるけどね。

恥ずかしい、なんて思う子はいないはずだよ。仕事もらってナンボの商売だもの。時々ゴネたり、こんな撮影イヤだ、って言う子に、オレは言ってやる。

「いつだってやめていいんだよ、君の替わりはいくらでもいるんだからね。今日、君がキャンセルしたら、別の子が君の着るはずだった水着をつけてにっこり笑う。それだけのことだからね」

これでOKだ。残酷なようだけど、これがいちばん効くね。

そうそう、編集さんの話に戻るけれども、こういう時も感じ悪く、無関心っぽい奴っていうのはよくないね。いっそのことスケベ心丸出しで、

「おっぱい大きくていいじゃん。ちょっと持ち上げてくれる」

なんて言ってくれる方がずっとやりやすいよ。

先々週のこと、うちのピカイチの女の子を連れて、ハワイにロケに行った。その時の編集さんには笑っちゃったよ。

俺と女の子はエコノミークラスだ。だけど水着グラビアじゃ、そんなことはあたり前だから何とも思ってやしない。だけど上智だか慶応出て四年めの編集さんは、エコノミークラスなんて、とても我慢出来なかったようだ。

「先に行って用事がある」

「残ってちょっと人に会う」

と言い訳して、自分だけ違う便のビジネスクラスで往復したみたいだ。用事があって残る人が、わずか三時間後の便で帰ることもないだろう。全くみえすいた嘘つくよな。この編集さんは、ロケの時の食事もケチって、本当に嫌な感じだったな。

そうかと思うと、とても気を遣ってくれる、誠実な編集さんだってたまにはいる。だけどそういう人に限って、すぐに別の部署に行ってしまう。俺が思うに、雑誌のグラビア担当っていうのは、新米の編集さんを鍛えたり、試したりするところなんだな。

いずれにしても、二流のグラビアモデル専門の、ちっぽけな事務所のマネージャーなんて、彼らにしてみれば、それこそ小道具調達係だろう。いや、そんなこと以前に、俺のことなんか理解出来ないに違いない。

時々俺は、編集さんと飲むことがある。本当ならこっちが接待しなきゃいけない立場なんだけれど、向こうの方が経費をずっと使える。だから奢《おご》ってくれる。お金があるところはとっても鷹揚《おうよう》なんだな。

高木ちゃんといって、大手に勤める編集さんとは、同い年ということもあってとても気が合った。高木ちゃんもそれこそ早稲田の大学院出たエリートなのに、えらぶったところがまるでない。ただの女好きでソープを奢ってもらったことも何度もある。

「こんなの、どうして経費で落とせるの」

と尋ねたところ、

「いいの、いいの、漫画の大先生を接待したことにするから」

なんて手を振って笑ういい奴だ。その高木ちゃんと飲んでいた時のことだ。代官山《だいかんやま》の和風ダイニングという、いかにも業界ご用達の店で飲んでいる最中だ。高木ちゃんは言った。

「加藤ちゃんは、どうしてこんな仕事をしているワケ」

「好きだからだよ」

そうとしか答えようがない。それなのに彼は、またァと肩を叩《たた》いた。

「加藤ちゃんってキレるし、センスいいしさ、こんな仕事やってる人じゃないって、ずうっと思ってたんだ。今はこんな仕事やってるけど、全然別のことを考えてるんじゃないの。いずれはしたいことがあって、その野心のために、今は修業してるんじゃないかって、思ってるんだけどなァ」

俺は笑ってしまった。こんな風に俺のことを買いかぶってくれるのは、高木ちゃんくらいではないだろうか。「修業」なんて泣かせる言葉だ。じゃ、俺は今、何かに向かってじぃーっと耐えているわけなんだな。

「そうなんだよ、高木ちゃん。俺は将来、グラビアモデル専門のサイトを立ち上げたいんだ。だから今、いろいろ勉強してるんだけど、どうか協力してくれよ」

って、とっさに嘘をつきたくなってしまった。

だけど俺は、この仕事が本当に好きなんだ。人に言ったら笑われるかもしれないけど、グラビアっていうのは、日本だけの文化だと思うんだ。アメリカの雑誌見てごらんよ。みんなえげつないヌードばっかりじゃないか。金髪のおねえちゃんたちが、牛みたいなおっぱいを見せて、四つんばいになったりしている。

だけど日本は違うんだ。水着っていう中途半端な格好をさせて、それで見る人のイマジネーションをかきたてるようにしている。それに誤解されているようだけれども、男の子たちが水着グラビアを見るのは、何もマスターベーションのためだけじゃない。単純に可愛い子がみんな好きなんだ。愛らしくて魅力的な体を持つ女の子の写真を眺め、それでいいなァと思う。日本の男の子だけの、心のありようなんだけれども、俺はこういうの、嫌いじゃない。だからずうっとこの仕事をやっていきたいといったら、お袋なんかまたキーッと悲鳴を上げるに違いない。

誰にも言ったことはないけれど、俺はそんなに育ちは悪くない。世田谷は松原《まつばら》で生まれた。親父《おやじ》は開業医をしている。お袋は有名な大学病院の教授の娘だった。お袋に言わせると、同じ医者でも、大学病院の教授と町医者とでは、まるっきり格が違うそうだ。それならば親父と結婚しなければよかったのに、人から紹介され、もののはずみで一緒になってしまったという。たぶん親父がちょっと金を持っていて、顔も悪くなかったせいだろう。お袋は親父に金を遣わせるのが、生き甲斐《がい》だったみたいな時がある。

でも、そんな夫婦がうまくいくはずはない。俺が中学二年の時に離婚することになった。この時、誰が考えたかわからないけれど、子どもはそれぞれひとりずつ連れていくことにしたんだ。

俺には兄貴がひとりいて、こっちはとても出来がいいときてる。当時、東大に何十人も入る中高一貫校に通っていた。だからといって、親父もお袋も、あっちの方を欲しがって、血眼《ちまなこ》になって争うのにはまいったよ。

ま、俺は、欲しがられなくても無理のないところがあったけれどもね。私立の中学をすべて落ちて、地元の公立に通っていた。それはいいとして、勉強する気はまるでなく、ゲーセン通いの毎日だ。だからといって、俺を引き取った母親が、「貧乏くじをひいた」なんて言うのには、さすがに傷ついたな。ふつうだったらここでグレるところなんだけれど、それもめんどうな気がして、だらだらと日を過ごした。高校は都立も私立もみんな落ち、やっとひっかかったのは二流大学の附属高校だ。

「こんな学校じゃ、あっちにも恥ずかしい」

お袋がよくこぼしていた。あっちというのは親父の家のことだ。三つ違いの兄貴が、その年、地方だったけれど国立の医学部に入ったのだからなおさら口惜《くや》しかったんだろう。

それならば家を出ていってやるぜと俺は言った。金をくれさえすれば、アパートでひとり暮らしをするよ。

しばらく悩むふりをしていたけれど、お袋はＯＫした。なぜならその頃、お袋には愛人が出来ていたからだ。確か年下の経営コンサルタントだったと思うけれども、よく憶《おぼ》えていない。お袋の愛人は、その後何人も替わることになるからだ。そのたびに親父からもらった慰謝料をかなり減らしていったと思うよ。お袋みたいに、美人でもない四十女に近づいてくるといったら、金が目的にきまっているじゃないか。そういうのもわからないかと思うと悲しくなるけれども、本人は何も気づいてないんだろうなあ。まあ、あのまま家にいれば、本格的にグレたかもしれないけれども、いいところで脱出したと思う。

高校一年から始めたひとり暮らしというのは、案外楽しかった。俺はちゃんと自分で米を炊き、料理の本を見ておかずをつくった。

友人たちをアパートに寄せつけることはまるでなかった。なぜならお袋の、

「アパートでひとり暮らしなんかしたら、すぐに不良のたまり場になるのはわかっているんだから」

という言葉どおりになるのが癪《しゃく》だったからだ。

ひとりになったらそこそこ勉強もして、無理だと言われていた大学にも内部進学出来た。この頃から俺は途方もない夢を抱くようになった。それは、テレビ局に入って、ドラマをつくりたいというものだった。目標はフジテレビ、俺のいちばん好きなテレ

ビ局だ。

今考えると笑っちゃうよな。大手出版社の編集さんもエリートだけど、テレビ局も同じだ。ものすごく高い給料を貰《もら》い、好きなように下請けのプロダクションをこき使う。入社試験の倍率は宝クジ並みで、東大卒もゴロゴロしている。そんなところへ、二流大卒の俺が入っていけるわけがない。しかし当時は本気だったんだ。学歴はイマイチでも、俺にはキラッと光るものがある、それはドラマをつくるのに最適だ、なんて思っていたのだから、とんでもない勘違いだよな。

しかしあの頃の俺はねちっこく挑戦し、「新卒」の資格欲しさに、六年も大学にいた。その間、少しでも就職に有利になればいいと、プロダクションでバイトを始めた。それが本業になるなんて、あの時は考えもしなかったけれども、十年続いているっていうことは、やっぱり俺に合っていたんだろう。同じ事務所にずうっといるっていうのも、この業界じゃ涙もんの話だよな。

初めてした仕事のことはよく憶えている。二子玉川《ふたこたまがわ》のプールで、イメージビデオの撮影に立ち会ったんだ。五月だというのにとても寒い日で、モデルやカメラマンのために、何度も熱い飲み物を買いに走ったんだ。そのうち社長に気に入られて、卒業した俺は、ここの正社員になった。千以上あると言われているタレントプロダクションの中から、ここで働くようになったのだから、これも何かの縁だろうな。

事務所といっても、社長の他には俺を含めて五人いるだけの小さなところだ。営業から始まり、現場立ち会い、経費の精算まで全部をひとりでこなす。ひとりのタレントを全部最後までめんどうをみる。こんなところが気に入っているのだろう。

有名タレントもひとりもいない。ちょっと名前が知られ始めた、レースクィーン出身の女の子がひとりいるだけだ。後はみんな無名のグラビアモデルといってもいい。だけどそれが楽しい。今、テレビを見ていればわかると思うけれども、バラエティで売れているタレントは、みんなグラビアモデル出身だ。顔が可愛くて、おっぱいが大きくて、それで頭の回転がよければスターになれる時代なんだ。まだうちの事務所からは、こんなスターは出ていない。グラビアモデルを二年もやれば、すうっと消えていく、そんな欲も魅力もない子ばかりだ。だけど今に、誰もが知っているタレントを出したい、っていうのが俺の夢なんだけれども、こんなことを夢だという男のことを、きっと高木ちゃんでも理解してくれないだろうな。

それにしても今夜のリエはちょっとヘンだ。撮影にまるでのってないのがわかる。俺がスタジオの外で電話している間に、カメラマンに何かされたのかもしれない。

たかだか小さな写真の水着の撮影にも、必ずマネージャーがつく。これは女の子を守るためだ。

カメラマンというのは、ちょっと売れてくるとすぐ図にのる。特に「先生」と呼ばれ始めた頃があぶない。スタジオの女の子をおだてたり、ちょっと脅《おど》かしたりしながら、水着を脱がそうとするのだ。

「おー、キレイ、キレイ。ちょっとブラはずしてみようよ。手で隠せばどうってことないじゃん」

と女の子をのせ始める。こういう時、編集もグルになるから始末が悪い。アップテンポのBGMが流れ、撮影もいい感じで進んでいくと、女の子もついその気になってしまうことがある。しかしいちばん後悔するのも本人だ。だから俺は撮影の前に、必ず女の子たちにニップレスを付けるように命じる。だから俺のカバンの中には、必ずニップレスとストローが入っている。ストローは口紅を落とさずに、飲み物を飲むために。新人のモデルはこういうところまで気づかない。

そしていざとなると、俺は女の子たちを本気で守る。カメラマンが怪し気な行動をとり始めたら、やんわりときっぱりと言う。

「先生、やめてください。脱ぐのは条件に入ってませんからね」

あるいは、

「ここの親は堅くてものすごくうるさいんですよ。もし脱いだのが知れたら、僕たちが訴えられますよ」

ぐらいのことは言う。ある時は売れっ子の先生に、うるさいと思いきり蹴《け》とばされたことがある。

そう、そう。男の目でまず最初に女の子の水着をチェックしてやるのも、俺の大切な仕事だ。

「ブラにパッド入れた方がいい」

「アンダーがはみ出しているよ」

と小声でチェックしてやる。そしてスタイリストに直してやってくれと頼み込む。

こうした俺の仕事というのは、やはりヘンだろうか。ニップレスとストローを必ずバッグにしのばせている男というのは、やはりおかしいだろうか。

つき合った女たちは、最後に必ず同じことを言う。

「やっぱりあなたがわからないの」

どうして私以外の女の水着が、そんなに大切なの。どうしてこちらの大切な約束をすっぽかしてまで撮影に出かけるの。たかが、男の子が楽しむための、エッチなグラビアじゃないの。ヒット歌手を育てたいとか、一流の映画俳優を生みだしたい、っていうのなら話はわかるわ。男の人が一生をかけてするのにふさわしい仕事だと思う。でもあなたのやっていることは違うじゃない。ただの水着モデルの仕出しじゃないの。それなのに、どうしてそんな仕事に夢中になるのよ……。

そして最後に、彼女たちは決まって同じ言葉を口にする。

「水着の女の子が好きなのよね。何人かはあなたとデキてるんじゃないの」

それを聞くたびに俺はびっくりする。事務所のタレントをそんな目で見たことが、ただの一度もないからだ。

「商品には手を出さない」

という言葉があるけれど、冷たい響きがして好きになれない。それよりも俺の気持ちにぴったりするのは、

「妹のようなもの」

だ。別に綺麗《きれい》ごとで言っているわけじゃない。うちのタレントと一緒にいて、水着姿を見ても性的な匂いはまるでしない。とはいっても、この子たちのためなら何でもしてやりたいというあたたかい気持ちは持っている。いちばんぴったりくるのは、ちょっと不出来な妹を持つ兄の気分だ。最近は一流大出のグラビアモデルもいるらしい

が、うちには一人もいない。みんな高卒か、聞いたこともない短大に通っている子ばかりだ。女優になりたいなんて、これっぽっちも思っていない。ただ、ちょこっとテレビのバラエティに出られればいいかなあ、と思っている程度の、みんなやさしくて可愛い女の子。大きなトラブルは起こさないが、少しだけ手こずらせる。

「加藤さん、急に生理になっちゃったみたい。ナプキン買ってきてくれないかなぁ」

「あのね、スタジオ入るの、ちょっと遅刻しそうなの、よろしく、お願い」

「どうしよう、ここんとこ太っちゃって、お腹《なか》ぽっこりになっちゃった」

彼氏と喧嘩《けんか》をして、メイクルームでしくしく泣き出す子もいる。俺はそういう子たちをなだめ、いちばんいい方法を考えてやる。

「水着にナプキンは絶対駄目だよ。モデルになったからには、タンポンをつけられるようにしようね」

「そこからだったらタクシーに乗りな。そのくらいは払えるだろう」

「スタイリストさんに話して、水着替えてもらおう。ポーズは自分で考えるんだな。腹を思いきりひっこめるしかないな」

「仕事終ったら、彼にすぐメール入れな。男っていうのは、いったん怒鳴ると、後は申しわけない気持ちでいっぱいになるものさ」

俺は女の子にアドバイスをするのが大好きだ。彼女たちが俺のことを頼り、尊敬とまではいかないけれど、感謝に充《み》ちた表情になると、俺の心はあたたかいもので充たされる。自分も結構いい人間なんじゃないかな、と思ったりする。

考えてみれば、この仕事に就くまで、人に頼られたり、必要とされたことはなかったような気がする。医者というのは人に頼られるのが仕事だから、親父は家の中でも俺をガミガミと叱《しか》り、支配し続けようとした。お袋は別の意味で、俺をまるっきり頼りにしなかった。親父と別れた後、母ひとり息子ひとりになったのだ。少しは俺の方を向いてくれると思ったのだが、すぐに愛人をつくり、そいつの肩にもたれかかった。もっとも、息子の肩よりも、男の肩の方がずっといいに決まっているけれども。

こんなことを言うのは恥ずかしいけれども、俺は若い時から早く家庭をつくろうと思っていた。親が離婚して、少年のうちからひとり暮らしをしていたからだろうと、勝手に謎解きをされるのは嫌なんだけれども、好きな女と一緒に暮らせたら楽しいだろうなあ、という、ただそれだけのことだ。一緒に暮らすといっても、同棲《どうせい》のような中途半端なことは好みに合わない。ちゃんと式を挙げて、きちんとした家庭をつくりたいと思った。

若い時からこういう仕事をしている俺は、ふつうのOLに滅法弱い。やたら凝ったネイルアートの爪《つめ》よりも、薄いベージュやピンクの爪にドキリとする。綺麗にブロウされた髪や、ナチュラルストッキングに包まれた脚は最高だ。女の人がきちんと育ってきて、きちんと美人になっていく風情が好きなんだ。前の彼女もふつうのOLだった。ふつうのOLだったから、

「あなたのことがよくわからない」

と去っていった。この頃俺は考えるようになった。自分は一生、家庭を持てないんじゃないだろうかって。たぶんそうだろう。俺が恋人とうまくいかない原因は、仕事のせいだけじゃない。俺の持っている何かが、女の人たちを去らせてしまうのだ。そして俺は、それが何か気づいている。気づいているからこそ、

「早く結婚したいな」

などと見当違いのことを言っているんだろう、たぶん……。

俺はスタジオの片隅に座り、リエのメイクが終るのを待っていた。リエが胸を整形したのは、今年の春のことだ。そんなことをする必要はないと言ったのに、

「だって仕事、もっと欲しいんだもん」

ペロリと舌を出した。ぴんと一直線に描いたような、シャープな顔の線から若さがにおっている。あと二年もすれば顎《あご》のあたりから、少しずつ崩れてくるだろう。が、

たぶんその頃、リエはこの業界にはいないだろう。モデルはたいてい寿命が二年から三年だ。だからその短い間に這《は》い上がるんだ、バラエティに出られるくらいまでになるんだと、俺が口を酸っぱくして言っても、たいていは聞きやしない。しかしリエはいけるかな、と俺は思っていた。黒目がちな大きな目に、少しめくれ上がった唇という、あどけないけれども、よく見るとちょっと危なげな表情がいい。問題は胸だったけれども、それも自分で直したようだ。俺もこの仕事を十年やっていて、それなりの力もつけてきたし人脈もつくった。それを全部結集させ、リエを売り込もうと考えていた。社長も好きなようにやっていいと言ってくれている。今日の撮影でも「うちのイチオシ中のイチオシです」と、編集さんやカメラマンに駄目押しをしてきた。それなのに、このノリの悪さはどうしたことなんだろう。気分が悪い、と言ったままメイクルームに閉じ籠《こ》もったままだ。

「そんなことをするのは十年早いぜ」

俺は舌うちしながら、リエが入ってきた頃を思い出した。リエは部下の坂本がスカウトしてきた子だ。俺たちはよくスカウトに出るが、あまりうまくいったためしはない。これぞと思う子には無視されるし、二人連れだとブスな方の子が、「こんなのインチキよ、やめなさいよ」と余計なことを言う。坂本が言うには、ずっと後をつけて、所在なさげに煙草《たばこ》を吸い始めた時に声をかけたという。昨年高校を出たリエは、トリマーの学校に通っていたが、こちらの方が忙しくなってすぐに辞めてしまった。ややヤンキーの趣がある、今どきの子だ。何も考えておらず、素直でやさしいところも典型的な今の子だ。

「早くお嫁さんになりたーい」

と言うリエを、ずっと励ましてきた。

「お前は、うちで初めての売れっ子タレントになれるかもしれないんだから頑張れ。ただのグラビアねえちゃんで終りたくないだろ」

「いいよ、グラビアねえちゃんで充分だよ」

と言って口ごもったリエの表情をなぜか急に思い出した。

「ねえ、加藤さん、ちょっと」

スタイリストのおばちゃん、えーと、何ていう名前だったっけ。しょっちゅう会うのにすぐに忘れてしまうような名前と顔だ。

俺はおばちゃんに、メイクルームの前の薄闇《うすやみ》に連れていかれた。スタジオの強いライトがつくる闇の中に、俺たちはすっぽり隠れる。

「ねえ、知ってた？　リエちゃんって妊娠してるみたいよ」

初耳だった。このあいだ聞いたところ、カレシとは別れたばかりだと言っていた。それなのに腹ぼてかよーと、俺は今日何度めかの舌うちをした。ここに来るまでにかなりの金を遣い、下げたくない頭を何度も下げた。グラビアアイドルのギャラは、最初のうちは信じられないような額だ。「顔を売ってもらう」メジャー誌など、一銭ももらえない。その間もうちはちゃんと遣うものは遣っているのだ。全く仕方ないなあと俺は腹が立ったが、まあグラビアモデルの仕事なんてこんなものだ。

俺はメイクルームのドアを開けた。バスローブをひっかけ、リエが鏡の前に座っている。妊娠を知ったせいか、顔色が悪いとはっきりわかった。

「大丈夫か」

「うん」

大きく頷《うなず》いた。

「何ヶ月なんだよ」

「三ヶ月に入ったところ。おととい お医者に行ってわかった……」

「どうするんだ。結婚するのか」

「まさか。相手は奥さんも子どももいるもん」

「げっ、ドジったなあ。それでどうするんだ。堕《お》ろすんだったら早いとこしろ。どこか紹介するよ」

「冗談じゃないよッ」

リエは立ち上がった。蛍光灯の下、ほんの少しラメが入ったアイシャドウが、不自然に橙《だいだい》色に光っている。

「あたし、絶対に産むもの。どんなことしたって子ども育てるよ。あたしの母親があたしにしたみたいなこと、絶対にしない」

「わかった、わかった、落ち着けよ」

俺は肩に手を置いて座らせた。バスローブを通してもリエの温かさは伝わってくる。こいつも淋《さび》しい育ち方をしたんだな、と思った。

「もし産むなら、俺の戸籍使ってもいいぞ。父親がいない子にしたくなかったらそうしろ。俺の戸籍はまっさらで何もないからな、お前と子どもを入れてやるくらい、どうってことない」

それもいいかな、と俺はふと考える。生まれてくる子どものために、一時期だけ父親になってやる。そんな短いインチキな家庭を持つのもいかにも俺らしいなあ。まあ、マネージャーの究極の仕事っていうやつかもしれないな。

マリアさまのカメラ

model

メイクルームの片隅で、バスローブ姿のリエはぐったりと座っている。本当は横になりたいところだけれども、こういう部屋にソファはない。

鏡の前に椅子《いす》が四脚、着替えるためのカーテンルーム、トイレにシャワー、清潔といえば言えないことはないけれど、白い無機質な部屋。スタジオのメイクルームはたいてい白い壁だ。モデルが着替えるための、たくさんの洋服をひきたてるためだろう。が、リエは洋服を着ない。グラビアモデルという水着専門のモデルだからだ。考えてみると、モデルになってから水着以外のものをほとんど着たことがない。だから脇の下はもちろん、アンダーヘアの方も綺麗《きれい》に処理してある。グラビアモデルにとって、あそこの毛とタンポンの紐《ひも》がはみ出すことぐらい恥ずかしいことはないと、マネージャーに常々言われているからだ。

リエはその短くカットし、きちんと抜かれたアンダーヘアの少し上のところに手をあててみる。まだ何の兆候もない。この下に小さい赤ん坊がいるなんて嘘みたいだ。妊娠検査薬が陽性だった時は、本当にびっくりした。今までも三度使ったことがあるが、それは高校時代、面白半分でだった。絶対に反応があるわけがないという自信があったから、あんなに気軽に使ったのだ。それに同級生たちにちょっと自慢したい気があった。

「ちょっとヤバいかなあと思って、やってみたんだけど全然ＯＫだったよ」

けれども今度は違っていた。いちばん怖《おそ》れていることをきちんと確かめなくてはと、ずっと自分を励ましていた。オシッコをかけたとたん、みるみるうちにピンクのハートが浮かび出た時のショックといったら、経験した人でないとわからないだろう。たいていの女の人が、小さな悲鳴を上げているはずだ。

いや、世の中にはリエが知らないだけで、妊娠がわかったとたん、とび上がって喜ぶ女もたくさんいるのだろう。そう、奥さんと呼ばれる女たちだ。奥さんと呼ばれる女だけが喜びの中で子どもを産むことが出来、そうでない女たちは、不安と躊躇《ちゅうちょ》の中で子どもを産む。いや、産まない女だっていっぱいいるだろう。

子どもを堕《お》ろした話は、今まで嫌になるぐらい聞いてきた。ちょっとお酒が入ってくると女たちはセンチメンタルになる。そして哀《かな》し気に自分のつらい過去を話し始めるのだ。あまりにもたっぷりと表情豊かに喋《しゃ》べるので、それら一連の話は、ちょっとした冒険談に聞こえるぐらいだ。自分もいつか、二年後か三年後、飲み屋の一角で、あるいは女友だちの部屋で、こんな風に彼女たちに告白するのだろうか。

「好きな人の子どもだったから、本当につらかったよ」

そんなありきたりの結末が、いちばん自分とこのお腹《なか》の子にふさわしいような気がするし、いや、絶対にそんなことをしてたまるかという不思議な闘志もわいてくる。

だけど、こんなことあるんだろうか。

あの日はもしかすると、という気があったのに、どうしても抱いて欲しいと小倉さんにねだった。今夜はアレを持ってないから、途中までにしようと言われたけれども、絶対にイヤと駄々をこねた。

理由はわかっている。長女が私立の名門小学校に合格したと、喜びのあまりつい小倉さんが口にしたのだ。家族の自慢話をするなんて最低だ。自分をなめているのでなければこんな話をするはずはない。ひどいじゃないと怒るべきだったのに、リエはそうしなかった。小倉さんに対して怒るなんて怖くて出来ない。じゃあ、これっきりにしようと言われたらどうしようかと思う。友だちの中でも、妻子ある男の人とつき合っているコは何人もいるけれど、みんなとても強気だ。いろんなことを要求したり、買わせたりしている。若い女とつき合うからにはこのくらいのことをしてくれても当然なのだという。

リエには信じられないような話だ。好きじゃなかったらいろんなことが出来るかもしれない。リエにも経験がある。向こうからしつこく言い寄ってきて始まった仲ならば、こちらには威張る権利がある。お金だってどんどん遣わせても構わない。

けれども小倉さんの場合は違っていた。今ではリエの方がずっと好きになっている。

小倉さんは大手出版社の編集者だ。発行部数百五十万部といわれる青年誌の副編集長をしている。下から慶応で結婚は二度め。二度めの奥さんはフリーライターをしていたそうだ。つまり小倉さんは職場で知り合った女性と不倫の末、成就したということになる。

「だから俺は、もう二度と悪いこと出来ないワケ」

と小倉さんは言っていた。言っていたけれども、手はすばやく動いて、リエのジーンズのジッパーをおろし、乳房をもみしだいた。

「こんなかわいい子が目の前に現れたら、やっぱり好きになっちゃうよなあ」

そんな言い方もやさしくて本当に素敵だった。

初めて会った日のこともよく憶《おぼ》えている。スタジオに現れた彼は、コム・デ・ギャルソンのジャケットがとてもよく似合っていて、やはり一流出版社の人は違うとリエは思ったものだ。あの撮影の日は、リエにとって確かに出世だった。誰でも知っている青年誌のグラビアに、ピン、つまりひとりで登場することになったのだから。

ここに来るまではエッチ系雑誌のグラビアばかりだった。そうでなかったら携帯電話のコスプレシリーズだ。会員登録した者の画面に、看護婦、メイド、バニーガール、CAといったいでたちで登場するのだ。乳首やヘアの形まではっきり見える白い全身タイツを着たこともある。

セクハラなんかしょっちゅうだった。事務所の最初のマネージャーなどは、いずれリエを脱がせるつもりだったに違いない。かなりきわどい仕事を持ってきた。ブラとショーツだけでベッドに横たわるDVDに出演したけれども、カメラマンに要求された表情やポーズは、マスターベーションのそれだ。しかも通常の撮影が終って、スタイリストやカメラマンも帰った後、プロデューサーに声をかけられた。

「今の撮影だけじゃ、絶対に足りないと思うんだ」

だから家から持ってきたビデオカメラで、もう少し撮らせてくれと言うのだ。仕方なくベッドの上に横たわると、脚を拡《ひろ》げろと言われた。

「ちゃんと指を使ってくれよ。もっとゆっくりと這《は》わせてくれる？」

そして、こうするんだよと自分の指をリエの股間《こかん》にあてるではないか。あの時大声を出さなかったら、本当にどうなっていたかわからない。マネージャーはゆっくりとスタジオに戻ってきたけれども、案外二人の間で話がついていたのかもしれないと、今でもリエは疑っている。

とにかくリエは、この業界の中の下あたりをずっとうろついていたのだ。このクラスの女の子はいっぱいいる。よく、大量にいることの喩《たと》えとして、

「ツクダニにしたいくらいいる」

というのがあるが、自分たちならばさぞかし新鮮でおいしいツクダニが出来るだろうと、リエはおかしくなることがあった。何人も撮られる企画だと、水着の女の子たちがそれこそ数十人集まることがある。みんな同じような水着を着、同じようなメイク、ヘアスタイルをしている。自分たちがあまりにも似かよっているのを知っているので、仲よくなろうとは思わない。現場でちらっと挨拶《あいさつ》をする程度だ。

けれどもそのツクダニが集まる仕事が、リエに大きな幸運をもたらすことになる。

「この夏イチオシ美女は誰だ」

という企画で、七十人の水着写真が載った。どの子がいちばん可愛《かわい》いかという、イ

ンターネットによる人気投票をしたところ、リエがいちばんに選ばれたのだ。あの時は事務所も喜んでくれ、リエも得意な気分になった。事実これをきっかけに、大手の青年誌からも声がかかるようになった。その初めが、小倉さんの雑誌だったのだ。

都内のスタジオで撮影したのだが、リエも名前を知っているぐらいのカメラマンを使い、ヘアメイクも、スタイリストも、エッチ系雑誌の人たちとはかなり違っていた。違っているといえば、スタジオ内で供されるお弁当やスナックの類《たぐい》が豪華なことにリエは驚いた。コンビニのお握りや菓子の替わりに、青山の有名な店のクッキーや焼菓子がたっぷりと用意されている。お弁当もちゃんとしたところの幕の内弁当だった。

こういうことを指図する小倉さんは、なんてカッコよく、素敵に見えたことだろう。

そして二度めの仕事の後、マネージャーを交じえて三人で食事に行った。連れていってくれたところは、西麻布にあるイタリアンだ。テレビで見たことのあるタレントさんが何人もいて、リエはかなり興奮してしまった。小倉さんは、そのうち何人かと親し気に挨拶をかわす。

「あそこにいる工藤沙理、うちのグラビアからブレイクしたんだよ」

「そうですねぇ」

マネージャーがおもねるように大きく頷《うなず》いた。

「今じゃ、バラエティやドラマにひっぱりだこの売れっ子だ。リエちゃんも今にそうなるよ」

「そうだといいんですけどねぇ……」

ワインをたて続けに飲んでいるマネージャーは、少し正直過ぎるため息をついた。

「この子は喋べりが駄目なんですよ」

「そうかなぁ、だってリエちゃんと話をしてるとすっごく楽しいよ」

「小倉さんと一緒の時は、リラックスして本人もいろいろ喋べるんですけれども、ふだんはかなりおとなしくて、中に閉じ籠《こ》もっちゃうタイプですね」

そんな風に見えないよと、小倉さんが何度も言ってくれたので、リエはすっかり嬉《うれ》しくなってしまった。

事務所からもよく言われる。せっかくグラビアで人気が出かかったのだ、これをバネにしてテレビにも売り込みたい。いま、テレビのバラエティで売れているタレントの多くが、リエと同じようなグラビアモデル出身だ。しかし、頭がよくなくては、テレビの世界では活躍出来ない。頭の出来不出来というよりも、回転の速さかもしれないが、とにかく相手の言ったことに素早く反応し、その場でいちばん望まれていることを口にする。ボケでもいいし、生意気なキャラクターでもいい、とにかく瞬時のうちに、場がわっとわくようなことを言わなくてはいけないのだ。

しかしそんなこと出来るはずがないとリエは思った。ずうっと昔から喋べることが苦手だった。年頃の女の子たちが持つ、小鳥のさえずりのような会話術をついにリエは獲得出来なかった。中学生の頃は、

「何を考えているかわからないコ」

ということで随分いじめられたものだ。その頃からリエは何とはなしに目立つようになり、男の子からよく告白されるようになった。すると今度は、

「陰で色目を使っているコ」

ともっといじめられるようになった。あの頃リエの顔立ちは、将来の成功をまだはっきりと約束されたものではなかった。今くっきりとした二重《ふたえ》になっている目は、思春期独特の脂肪が覆いかぶさって眠たげだった。ファンの人がよく誉《ほ》めてくれる厚ぼったい唇も、顎《あご》の線がぼんやりしているから目立たない。胸だってまだ膨らんではいなかった。けれどもめざとい男の子たちの何人かは、今よりも六キロも体重があったリエの体や顔から、何かを見つけ出していたのだ。そうでなければ、他校の生徒にまで騒がれる存在になるはずはなかった。

けれども、そんなことを小倉さんに話したのは、二人きりで会うようになってから

ずっと後のことだ。

初めての食事の最中、マネージャーが席を立っている時に小倉さんが言った。

「よかったら携帯とメールアドレス教えてくれる？」

こんなことは初めてではなかった。時々だけれどもカメラマンや編集者に同じことを言われる。しかしいつもこう言ってきた。

「事務所からそういうことをしちゃいけないって、きつく言われていますので」

そう言って断わるようにとマネージャーから注意されていたのだ。それに携帯を教えてあげてもいいと思う人など一人もいなかった。こちらをなめまわすように見る若ハゲの編集者とか、下ネタばかりを連発するカメラマン。みんなケチで、真夜中の撮影でもコンビニのお握り、しかも安い方のものを並べるのがせいぜいだ。

しかし小倉さんは何もかも違っていた。外見も物ごしも、一流出版社社員の自信と余裕に溢《あふ》れている。だから全く迷うことなく、携帯の番号とメールアドレスを画面に出し、彼に見えるようにした。けれどもその後、初めてホテルに誘われた時は、すぐにはOKしなかった。

「他のモデルのコにも、こういうことをしてるんでしょう」

と抵抗したけれども、あれはもちろん「違うよ」と言ってほしかっただけだ。案の定小倉さんは「違うよ」と強い声を出した。

「こんなことをするのは初めてだよ。僕は仕事で知り合った女の子と二人きりで食事に行くこともない。食事に誘ったのも、こんないけないことをするのも、リエちゃんが初めてだよ」

そして小倉さんといろんなことがあった。いちばん嬉しかったのは、今年の春、二泊三日の韓国旅行に連れていってくれたことだ。小倉さんは向こうで有名な映画女優の取材があったのだが、その後うまく誤魔化してリエのために残ってくれたのだ。

「全くさ、こんなことがわかったら、会社クビになっちゃうよ」

「本当にクビになっちゃうの?」

リエが心配になって顔をのぞき込むと、小倉さんはギュッと首をつかんで笑った。

「本当、本当。リエとつき合うって、本当にリスクが大きいんだから。おじさんは、毎日ヒヤヒヤしながら綱渡りしているようなもんさ」

小倉さんに妊娠のことを告げたらどうなるだろうか。何を言うかわかっている。リエはあの時彼が笑いながら口にした「リスク」という意味を何度も噛《か》みしめる。そして自分が小倉さんのことを少しも信用していないことに気づいた。信用しているふりをしていたけれども、実は違う。いざとなったら逃げる相手、そんなことは最初からわかっていたではないか。

　妻子ある男とつき合っている、すべての女の子にリエは尋ねてみたい。いつまでその男とつき合うつもりなのか。期限を決めているのか。相手が別れを告げる時が終わり時なのか。それとも自分が別れたいと思った時か。奥さんにバレた時だろうか。そして、そして……間違って赤ん坊が出来た時だろうか。

　そうなのだ。多くの場合、女が妊娠した時が別れの時になる。新しく生まれる生命のため、奥さんと子どもを捨てた、などという話を聞いたことがない。百パーセントに近い確率で中絶させられる。そしてその時の男の冷たさがきっかけで二人は別れることになるのだ。

　そうか、その時がやってきたとリエはひとりごちた。

　初めてのことなのに、筋書きをなぞることが出来る。小倉さんはうろたえるだろう。そんなバカなとか、絶対にそんなはずはないだろうと言うに違いない。その時の顔の表情まではっきりと想像することが出来る。

　そしてあのやさしい声で言うだろう。

「リエって本当に可愛いよ。おじさんの心をあんまりかき乱さないでくれよ」

　あの時と同じ声で懇願してくるだろう。

「そうか、わかった、わかった。全部僕が責任を持つよ。ちゃんと病院にも一緒に行くよ。だから今回は諦《あきら》めようね」

どうしてこんなに先のことまで読めてしまうんだろう。子どもがお腹に宿ったとたん、超能力を得たみたいだ。すべてのことがわかる。澄みきった空みたいにわかる。

小倉さんがいかにありきたりの業界の男かということが。

そして自分が、いかにありきたりのグラビアモデルであるかということが。


今度新しくマネージャーになった加藤さんは不思議な人だ。綺麗に整えられた眉《まゆ》やスーツの着こなしが、まるでホストのように見える時もあれば、知的で落ち着いた横顔を見せる時もある。

さっきバスローブの肩をそっと叩《たた》いてくれた手がやさしかった。

「大丈夫か」

と尋ねた声に咎《とが》める調子や、軽んじる様子がまるでなく、かえってリエの方がいきり立ってしまった。

「あたし、絶対に産むもの。どんなことしたって子ども育てるよ。あたしの母親があたしにしたみたいなこと、絶対にしない」

母親のことはあまり言いたくない。小学校五年生の時に離婚して、家を出ていったのだ。もう一人二歳違いの妹がいたけれども連れていくことはなかった。

母方の祖母は言ったものだ。

「ママはあんたたちに苦労をかけたくなかったんだよ。お母さんが働くだけなら、貧乏してあんたたちにつらい思いをさせる。お父さんと一緒ならお金に困ることはないからね」

そんなことは嘘に決まっている。世の中には母子家庭はいくらでもある。母親というものは、絶対に子どもを手放さないものではなかったか。たとえギリギリの生活をしても、子どもと一緒に生きていくことを望むものではなかったか。

結局自分たちは母親に捨てられたのだ。それはいつしか確信に変わっていった。

父親は悪い人ではない。リエと妹にやさしかったし、ふつうのサラリーマンとして出来る限りのことをしてくれた。遠足や運動会には必ずお弁当をつくってくれ、大きな声で応援してくれた。

けれども初潮が来た時、ナプキンを買う金を父親に言わなければいけなかったつらさを誰がわかってくれるだろう。あの時、リエははっきりと母親のことを憎んだ。

そして高校二年生の時、ひとつ上の先輩と初めてセックスした時も、母のことが嫌いだと思った。こんな風に男の人にのっかられ、こんな風に脚を大きく拡げるのだ。まだ気持ちよくはない。けれどもこんなに恥ずかしいことをさんざんして、自分と妹がつくられたとしたらすごいことだと思う。それなのに母親はあっさりと自分たちを捨てたのだ……。

中学、高校と進むうちに、リエは次第に目立つ女の子になっていった。胸はちょっといじったけれども、元々がかなり大きかった。体育の時間、リエが白いスウェットを着て走っていると、窓から男子生徒が何人もこっちを眺めたものだ。学園祭の時、なかば公然と行なわれる人気投票では、二年続けてトップであった。

そして決定的なことが起こった。高校二年生の夏休みに、渋谷でスカウトされたのだ。それまでも何回か声をかけられたことがあったけれど、見るからに怪し気な男たちだったからすべて無視してきた。しかしそのスカウトマンは、きちんとしたスーツを着、何よりも執拗《しつよう》であった。最後は父親に会ってもらい、事務所に入ることにした。といっても登録制のモデルで、仕事がある時だけスタジオに行くというシステムだ。オーディションにもめったに行かなかったから仕事もそうはなかった。アルバイト感覚の、街頭スナップといったものばかりだ。それなのにモデルになったことがわかったとたん、男の子たちに敬遠されるようになったのだ。今までうるさいほどあった告白や手紙の類も激減した。

「仕方ないよ。もうシロウトじゃなくなったってことなんじゃないの」

と同級生のひとりは言ったものだ。

男の子にはひかれ、女の子にはさらにいじめられるようになった。中学生の頃と違って露骨なことはしないが、ことごとく無視されたのだ。

「誰とでも寝る、有名なサセ子」

とネットの掲示板に書かれたこともある。

あの時も考えたものだ。もし両親が揃《そろ》っている女の子だったら、ここまでひどいことはされなかったはずだ。離婚した家庭でしかも目立つコならば、すべてが色眼鏡で見られてしまう。あの時も母親のことが本当に憎いと思った……。

メイクルームで、リエはじっとうつむいていた。こんな思い出話をしても仕方ないだろう。前に加藤さんが、自分の両親も離婚していると言ったことがある。出来のいいお兄さんはお父さんのところへ残り、加藤さんはお母さんに引き取られた。けれども少しも幸せじゃなかったそうだ。お母さんは手元に引き取った息子の成績の悪いことをいつもなじり、なじりながら男の人をどんどんつくっていったという。

が、加藤さんのことだから、かなり大げさに言って、リエを慰めようとしてくれたのかもしれない。

不意に加藤さんが言った。

「だったら産めばいいじゃないか」

「えっ」

「どうしても産むんだって、リエ、今すごい顔して俺を睨《にら》んだぜ。だったら産むしかないかもな。よかったら俺の戸籍貸してやるよ。お前の性格だと私生児産むのイヤだろう」

「バッカみたい」

リエは力なく笑った。まるで現実感のない話だ。加藤さんのことなどまるで好きではない。親身にめんどうをみてくれるマネージャーだけれども、男として見たことはない。だいいち、タンポンの紐が見えないかチェックしてくれたり、ヘアの処理をちゃんとしているかどうか口うるさく言う男を、どうして異性として見られるだろう。

「そんなに深刻に考えることもないよ。リエが子どもを私生児にしたくないんだったら、協力してやってもいいよ、っていう話だよ」

「私生児なんて、すごく古めかしい言葉だね。すぐに意味がわからなかったよ」

「そうかな。じゃ、今は何て言うんだろう」

「わかんない……」

ちょっと沈黙があり、加藤さんはもう一度リエの肩を叩いた。

「マネージャーとして言ってるんだ。マネージャーなら、このくらいのことをしてもいいかなって、ちょっといいカッコしたいだけなんだよ」

「いいよ、そんなことまでしてくれなくても」

リエは笑おうとしたが、唇がこわばったままだ。この後言葉を続けようとしたが、うまくいかず涙がこぼれた。

「おい、おい、やめろよ。ヘアメイクさん、呼ばなきゃならなくなるよ」

「あ、待って。もう少しこうしていたい」

リエは加藤さんの手に自分の指をかけた。温かさが伝わってくるかと思ったけれどもそうではなく、とても冷たい手だった。

「ねぇ、加藤さん、憶えてる。このあいだの撮影会のこと」

「ああ、九月のあれだろ。やったら暑い日だったよなあ」

「ものすごくいっぱいファンが来たよね。ファンっていってもさ、あたしのファンっていうよりも、グラビアモデルのファンなんだよね。あれさ、すっごくきつい仕事よ。最初はブラウスにスカートでポーズとって、夜はみんなぞろぞろスタジオに移動するよね。あの時、水着になるんだけど、あの視線のすごさって、味わったことがない人じゃないとわからないと思うよ。視線が痛いんだ。本当に肌につき刺してきて痛い。痛くって痛くってチクチクするぐらい。でもあたしは撮影会が嫌いじゃないの。何ていうのかなあ、あたしがいるべき場所にいるっていう気がするの。男の人たちはエッチな心を全然隠さない。みんな最初は顔を見ているけれども、だんだん視線が降りてくるの。水着の前のところをじっと見ているわ。そしてあたしは、こういうむき出しのエッチな心や視線をいっしんに受け止めてあげなきゃいけないと思うの。それがあたしたちの仕事なんだって。女優になりたいから、テレビに出るタレントになりたいからって、そういう希望や将来って何かみんな嘘のような気がする。あたしたちはエッチな視線にさらされるのが仕事なんだよって、撮影会のたびにいつも思うの。だからあたし、だからね……」

そこでリエは口ごもる。

「だから、あたし妊娠するのあたり前だと思う。あんな風に男の人たちに見られて、あんな視線を浴びせられて、あたし、あの時妊娠したと思う」

「ふうーん」

加藤さんは大きく息を漏らした。

「それって、究極のグラビアモデルっていうもんかもしれないなあ」

「でしょう」

二人は見つめあった。同時に笑いがもれる。全くおかしいこともないのに、いつのまにかリエは微笑《ほほえ》んでいた。

「もしあの時孕《はら》んだとしたら、リエ、お前はマリア様だよ。なんかすごいよ」

「マリア様はちゃんと赤ちゃんを産まなきゃならないかもね」

リエは立ち上がる。バスローブを脱ぐ。わずかの間に、腹部が盛り上がっているように見える。

「だけど、やっぱり無理なんじゃないか。お前、無理すんなよ。意地を張るんじゃないぞ。いいか、赤ん坊も大切だけど、お前の人生の方がもっと大切だからな」

「わかってる。うちの父親に相談してみる。あの人、もうじき定年だから何とかしてくれるかもしれない。あのさ、笑わないで聞いてくれる」

リエは立ち止まり、鏡の前でビキニのパンティを整える。

「産むにしろ、堕ろすにしろ、絶対にやってみたいことがあるの。もっとお腹が大きくなったら、どうしても受けたい雑誌の撮影があるの。その男の人の前にね、水着で突然現れるの。そして大きくなったお腹を見せてこう言うの。ほら、お腹の子どもごと撮ってね。あたしも子どもも、すごく可愛くセクシーに撮ってねって……」

「リエさあ、今、オレがマリア様みたいだって誉めたばっかりなのに、そんなホラーなこと言うなよ。さあ、撮影だ、もうひと息だ。たくさんの男の子が、チンチンを握り締めてリエの写真を待ってるぞ」

いやーね、やめてよとリエは加藤さんを軽くぶった。そのとたん激しい痛みが始まったのだ。

グラビアの夜　再び

and editor

「あれ」

高橋晃洋《あきひろ》の顔を見て、カメラマンの竹田が言った。

「どうしたの？　白髪なんか出来ちゃって」

「マジすか……。ヤバいなあ……」

晃洋は左の生えぎわのところに手をやる。自分でも気になっていたところだ。染めてみようかと思ったのだが、そのままにしておいた。うまく表現出来ないのだが、この二年間の記念のようなものを、自分の体のどこかに残しておくのもそう悪くないと考えたのかもしれない。

「いろいろ苦労してますからねえ」

「何の苦労？　いくら若いからって、女の子とはうまくつき合わなきゃダメだよ。この頃の子は怖いからねえ。恨み持つからねー」

　二十代の男の苦労など、所詮《しょせん》女のことぐらいだろうという竹田の口調は、晃洋の心をなごませる。どうやら自分の闘病のことを全く知らないらしい。それはそうだろう、結局は会社を二つ変わり、その間は昔の仕事仲間に会うことはなかった。今夜は久しぶりのスタジオ入りなのだ。

　六本木のシライススタジオ。一時間二万円の中級スタジオだ。スタジオも中級なら、カメラマンも、スタイリストも、ヘアメイクも中級。モデルは中級以下かもしれない。あまり力のない事務所が送り込んできた新人たちだ。今夜は五人いっぺんに撮る。二ページ見開き扉の写真はピンで、これはもう既に撮影が終っている。大手の事務所がイチオシと売りこんできた女の子だ。もうじきバラエティ番組に二つゲスト出演するという。もしかするとレギュラーになるかもしれない。二十歳ということだが、年よりもずっと若く見える。今流行《はや》りのロリコン顔だ。幼い顔立ちに不似合いの大きな乳房という条件もしっかりとクリアしていた。もしかすると火がつくかもしれないと本人も思い、事務所も思っている最中のタレント独得の輝やきがある。だからこそ公称三十万の青年コミック誌にも出てくれたというわけだ。「週刊アタック」。主にコンビニで売れているコミック誌。晃洋の新しい職場だ。前の職場よりもはるかに部数の少ない雑誌に移って、晃洋は再びグラビアの夜に戻ってきた。

人生が思いどおりにいかない、などという言葉は中年のためにある。半ば諦《あきら》め、かなり疲れた人間が吐くフレーズだ。二十七歳の男がそんなことを言ったら、もう勝負を降りてしまうのかと嘲《わら》われてしまうだろう。世の中には初めから勝負をしていない、ニートやフリーターといった連中がいるが、晃洋はああした奴《やつ》らを頭数に入れたことがない。それは他の友人たちにしても同じことだったろう。世間というのは、きちんとスタートラインに立てた人間たちだけで成り立っているものなのだ。少ない椅子《いす》をめざして、皆で走らなくてはならない。晃洋にとって、それは大出版社の文芸局であった。

そもそも早稲田の文芸専修に入った時から、ずっとその椅子を目標にしていた。マスコミ塾にも通ったし、こまめにOB訪問もした。結局は役立たなかったが、父方の伯父の連れ合いが、大手の出版社の常務と親しいということでコネを頼んだりもした。

「出版社は青くさい文学青年をいちばん嫌う」

と言われたけれども、あの頃は自分以外の誰が文芸担当の編集者になるんだと意気込んでいたものだったから、面接でも村上龍の諧謔《かいぎゃく》について滔々《とうとう》と喋《しゃ》べったりしたものだ。最終までいった音羽《おとわ》の出版社などは、真中に座った眼鏡の男がおかしそうに言ったものだ。

「僕は村上龍さんの担当だから、今の君の言葉、龍さんに伝えておくよ」

あの時、やった、と手ごたえを感じたものであるが、内定はもらえなかった。もう二つの大手も面接で落とされ、結局決まったところは中堅どころの出版社だ。写真集の名前を言えば、「ああ、あそこか」とたいていの人は頷《うなず》くだろう。何年か前、有名女優のヌード写真集をたてつづけにあてたところだ。が、晃洋が配属されたところは、この写真集の部門ではなく、青年コミック誌のグラビア班だ。

「いいなあ、若いコの水着を毎日見られるんだろう」

とからかわれる職場だ。くる日もくる日も、女の子のオーディションをし、撮影に立ち会った。何人も何人もの女の子が、水着に着替え、化粧を終えてメイクルームから出てくる。彼女たちのために、スタバやコンビニで買った飲み物や菓子を並べ、突然生理になった子のために、タンポンを買いに走ったりもした。もっと大きく載せろ、ピンで出せ、という事務所と交渉しながら、ときには酒につき合うこともある。

「ああいうところって、女の子を接待してくれるんだろ」

というのは、酔ってくると友人が必ずしてくる質問だ。が、昔と違って今はそんなことはあり得ない。撮影が終ると、女の子たちはさっさと帰ってしまう。というものの、それとなくもちかけられたことはある。忘年会の帰り、何とはなしに皆からはぐれてしまい、女の子と二人きりでカラオケボックスに入った。だらしなく飲み、歌っているはずみでキスをしたところ、彼女は晃洋の手をつかみ、自分のニットの上に這《は》わせるようにした。

「私のおっぱいは本物だからね。本当よ」

確かめてみたい気持ちをすぐさまふりはらった。グラビアタレントの女の子とそういうことをしたら最後、もう自分は二度とこの世界から脱け出ることは出来ないぞ、と、心の中でいつもつぶやいていたからに違いない。

晃洋のいた出版社にも何人かいた。自分が手にしたささやかな権力をふりかざして、多くの特典を得ようとする男たち。そういう二流の業界人にだけはなるものかと思っていた。

誰かが、すぐに名前を忘れる程度の作家が、いつか週刊誌にこんなことを書いていた。

「男なら『ここは俺の居場所ではない』と、日に三度声に出して言わなくてはいけない」

あの頃、声に出しこそしなかったけれども、十回も二十回も繰り返していたのではないかと晃洋は思い出す。

「俺のいるところはこんなところじゃない、グラビアを撮るスタジオなんかじゃない。全く冗談じゃないぜ」

自分が行きたいと願う場所。それが自分がいるべき場所なのだ。大手出版社の文芸局。机に座っていると、村上龍か花村萬月から携帯に電話がかかってくる。

「あ、高橋君」

村上龍の声。そういえば彼の小説に『走れ！　タカハシ』という短篇集があったなと、晃洋は思い出す。

「昨日の原稿、読んでくれたかな」

「徹夜で読みました……」

世界中で誰よりも作家の作品を早く読む権利を有する者、それは担当編集者なのだ。

「龍さん、素晴らしかったです」

こういう時冷静に話すことが出来るのがプロだと思っても、言葉が自然に震えてしまう。

「一読すると暴力だと思うような長いシーンが続いて、その後目もくらむような純粋な愛が展開される。あんな壮大で美しい小説を書けるのは、やっぱり龍さんしかいませんよ」

「高橋君のような若い人にわかってもらえるのが、いちばん嬉《うれ》しいよ」

「これは僕が心を込めて、単行本にさせていただきます。装丁もうんと時間とお金をかけさせてください」

「ありがとう。君には本当に感謝しているよ。高橋君は若いけれども、ちゃんと小説が読めるからね」

「そう言っていただけると嬉しいです。あの、よかったら、近いうちに二人でお祝い会をやらせていただけますか」

「もちろんだよ。二人でいつもの六本木の店に行こうじゃないか」

「楽しみにしています」

夢精のかわりに、晃洋はさまざまな妄想をする。けれども若くて能力さえあれば、妄想はたやすくチャンスに変えることが出来る。こんなことは都会に生きている者の常識だ。

大手の出版社の中途採用に応募した。現役時代、いくつかの一流出版社を落ちた晃洋に、ＯＢ訪問で知り合った先輩はこう慰めてくれたものだ。

「出版社は、敗者復活戦が何度も行なわれるところだよ。経験者になればいいんだ。とにかくどんなに小さくてもいいから、どこかの出版社かプロダクションにもぐり込みなさい。が、そこでうかうか年とっちゃいけない。三年後か四年後に、中途採用の試験を受けることだね」

二年前の秋、ある大手出版社の面接に向かう時、晃洋はひとつの賭《か》けをしたものだ。会社ばかりでない。もし採用されたならば、自分は人生の他のすべても変えてみせる。アパートも替えよう。服のブランドも替える。新しく生活を変えるのだから女も替えるのが当然だ。

四つ年上のゆかりとのことを、いったいどう言ったらいいのだろうか。ゆかりは時々不思議な笑い方をする。目を伏せ、口の端をわずかに上げる笑いだ。あれを見るたびに、自分は憐《あわ》れまれているような気がして仕方ない。

「何でもないわよ」

ゆかりは言う。

「ちょっと思い出し笑いをしてしまうことがあるのね、自分でも気づかないうちに」

思い出すのは、別れた夫なのだろうか。それともしばらく愛人関係があったという大物作家のことなんだろうか。出版社の編集者をしていたゆかりは、その作家に誘惑され、二人の仲は誰もが知るところとなった。やがていちばん最後に、同じ会社にいた彼女の夫も知り、二人は離婚し、同時にゆかりは会社を辞めることになったのだ。ゆかりは否定するけれども、これはどうやら事実で、出版界の伝説になっているらしい。

フリーのライターとなって仕事をしているゆかりの名が出るたびに、セットのように例の大物作家の名がその場に浮かび上がる。

「西山ゆかりって、ちょっとした美人のライターだろ。あの先生のご寵愛《ちようあい》をずうっと受けて、それが亭主にバレて離婚したっていうよな」

「亭主が、二人の出張先に行ったら、同じホテルの部屋に泊まっていたっていうんだろ、有名だよ」

「まだ続いてるって話だけど」

「本当かよー」

しかし晃洋と彼女との仲が噂《うわさ》になるにつれ、その話はピタッと出なくなった。晃洋の前では、誰もが口をつぐむ。晃洋は気づいた。どうやら自分は伝説の女とつき合っているのだと。そういう女を好む男はいるらしいが、自分はまっぴらだ。自分が抱いた女について、みんながみんな、その前に彼女を抱いた男たちのことを熟知している。

しかし困ったことに、そのことが百パーセント屈辱だとも思えないのだ。ゆかりの愛人だったという、その大物作家の本を晃洋は何冊も読んでいる。純文学出身だけあって、ベストセラーの長篇も緻密《ちみつ》さに溢《あふ》れている。初期の作品で、晃洋は泣いてしまったこともあるほどだ。

あの作家が撫《な》でまわし、舐《な》めまわした女の肌を自分も同じように愛撫《あいぶ》していると思った時、彼の肉体の一部がさらに屹立《きつりつ》した。晃洋はそのことをとても恥じた。自分の文学に対する憧憬《どうけい》が淫靡《いんび》に複雑化してしまった。そしてその張本人はゆかりだったから、晃洋はゆかりを憎む時がある。いつも憎んでいるわけではないが、時々憎む。が、決してその感情を外には出さない。そういう時に、ゆかりにあの不思議な微笑が訪れるのだ。

「いったい何を考えてるんだよ」

彼がなじると、ゆかりはいつもこう答える。

「何でもないわ。ちょっと思い出し笑いをすることがあるの」

自分もいつか、こんな風に思い出し笑いのひとつの材料にされる日がくるのだろうか。だがその前にこっちからきっと先に別れてやる。きっと、きっとだぞ。

そして社長面接の日がきた。長く週刊誌の編集長をしていたという社長は、そうしたアクのまるでない痩《や》せた小柄な男だ。癌《がん》の手術をしたばかりだというのを後で知った。

彼は問うた。

「もしかしてうちに来てもらうとして、どういう仕事をしたいですか」

「それはもちろん青年誌のグラビアです」

うまくやれよと、晃洋の中で声がささやく。四年前、お前はいつも文芸をしたい、作家の担当をしたい、って青くさいことを言って落ちてきたんじゃないか。いいか、うまくやれよ。この出版社はもうじき新しく、青年コミック誌を創刊する。そのための中途採用で、経験者を欲しがっているんだ。いいか、うまくやれよ。失敗は許されないぞ。

「青年誌のグラビアというと、出版界からは軽く見られていますが、雑誌の売れゆきを左右する重要な部門です。今の若い男性というのは変化しているようでいて、その根本は僕の学生時代から少しも変わっていないように思います。つまり綺麗《きれい》な女の子たちが大好きなのです。当然のことながら、時代によって女性への嗜好《しこう》は変わります。僕はそのニーズの変化を調べ、いろいろ企画をしてきましたが、それが当たる時は、とても生き甲斐《がい》を感じたものです」

少し喋べり過ぎたかな、と思ったが仕方ない。中途採用ならば、このくらいのアピールは必要だろう。社長はなるほど、とつぶやいたが、その頰《ほお》のこけた顔からは、何の表情も読み取れなかった。

そして四日後、人事部長から電話がかかってきた。

「いつから、うちに来ていただけますか」

やったーとガッツポーズをとった。ほら、みてみろと全世界に向けて叫びたい気分だ。人生が思いどおりいかないなんて、いったい誰が言ったんだ。負け続けた年寄りの言葉だろうな。よく見てみろ、人間その気になり、努力さえすれば、かなわないことなど何ひとつないのだ。俺は確かに一回は負けた。人生で初めて味わった敗北感だった。しかし、すぐに俺は新規蒔《ま》き直しをすることが出来たんだ。新規蒔き直し。なんていい言葉なんだろう。いってみれば人生の新学期だ。俺は誓ったとおり、すべてを新しくする。このアパートも引っ越す。ブランドはギャルソンにでも替えてみようか。カメラマンたちが着ていて、俺もいつか着てみたいと思っていた服だ。

そして、ゆかりはどうする、よくわからない。ずっと彼女と別れたかったような気がするし、どんなことがあっても別れたくないような気もする。彼女の前に出ると、いったいどっちなのかわからなくなってつい寝てしまう。寝た後は、本当に可愛《かわい》い女だと思う時もあるし、しまった、これでまた続いてしまうと後悔することもある。今度つき合うとしたら単純な女がいい。グラビアタレントみたいな何も知らない単純さは困るが、とにかく思い出し笑いをしないような女がいい。ふつうに学校を出て、ふつうに恋愛をしてきた女だ。ふつうの男とつき合って、いくらセックスしていても構わない。俺が嫌なのは、作家と寝た女だ。もうその作家のものが読めなくなる。セックスシーンが出てくるたびに、これはあの女がモデルなのか、そういえばこの声の出し方は同じだ、などと思ってしまうからな。

ゆかりとつき合うようになってから、あの大先生の小説は読まなくなってしまった。昔はあんなに好きだったのにな。

本当にゆかりのことはどうしたらいいのだろうか。とりあえず携帯メールを打っておこう。

「申しわけない。明日の約束、キャンセルさせて。急用が入った」

ゆかりから返事がきたのは次の日だった。

「こちらは気にしないで。それより合格おめでとうございました」

ゆかりのルートで手にした早い情報らしい。晃洋はすっかり不愉快になった。

この女の嫌なところはこういうところなんだ。いつも先まわりして何かを言おうとする。俺が何かを尋ねる前に答えを用意している女だ。そしてその答えを出すと、年上の女っぽく見えるんじゃないかとまたひっ込めたりする。いろいろ考え過ぎなんだ。考え過ぎる女というのは、一緒にいると本当に疲れる。

俺はもう疲れない生活をしたい。先まわりする女の顔を見て、ああ、先まわりしてるなあと考えたりするのはもうまっぴらなんだ。

ゆかりはもうじき、俺にこういうメールを寄こすだろう。

「こっちのことは気にしないで。新しい会社に早く馴《な》れるように頑張ってね。今はそれがいちばんよ」

そしてそれはそのとおりになった。メールの文面は少し違っていたが、まあ、同じような文面だ。

人生思いどおりにならないことはない。

つくづく晃洋はそう思った。驚いたことに新しい会社で配属されたところは、青年コミック誌の準備室ではなかった。「月刊ノベルライフ」という文芸誌の編集部だったのだ。なんでも青年誌の刊行が先おくりになり、その間この編集部で二人退職者が出たというが、詳しいことはよくわからない。これもまた噂だけれども、履歴書に添えた作文と早稲田大学文芸専修という経歴を、編集長が気に入ってくれたという。

「月刊ノベルライフ」は、後発の小説誌で、公称七万とされているが、実売は五万もいっていない。これだけでは採算がとれるはずもないのだが、小説の連載を単行本にするという長期の目的があった。まず晃洋は先輩に連れられ、作家への挨拶《あいさつ》まわりに出かけることになった。あれほど夢みた、輝やかしい文芸編集者生活の始まりである。

村上龍とまではいかないが、そこそこ売れっ子の作家ばかりだ。しかしみんなそれほどたいしたところに住んではいない。たいていが都心の狭いマンションだ。それでなかったら、郊外の建売りのようなところに住んでいる。晃洋がそのことを指摘すると、

「作家の意識が、この十年ぐらいでものすごく変わったからね」

四十六歳の小野副編集長が言う。

「僕が入社した頃は、すごい豪邸建てる作家がいっぱいいたけど、もうそんな時代じゃない。全体的に本が売れなくなったけど、それ以前に作家がしゃかりきに書かなくなった。銀座へ行きたい、豪邸を建てたいなんて気持ちがさらさらないんだ。好きな仕事でそこそこの金が入って、趣味を続けられたらいい。それ以上の仕事をあまりしたくない、っていう作家がここんとこ増えたねえ」

まに、
「何だかつまらない話ですね」
本当にそう思った。
「作家が定年間近のサラリーマンみたいなことを考えるなんて」
若く見かけもよい晃洋は、作家たちから好意をもって迎えられた。中にはあからさ
まに、
「絶対に私の担当にして頂戴《ちょうだい》」
という女性作家もいたぐらいだ。小野は、とりあえず、四人の作家を担当すること
を晃洋に命じた。
「ひとりはベテランだけれど、三人はまだ若い。だけど直木賞の射程距離に入ってい
る人たちだから、君も相当やる気を出さないとな」
小野の持論では、ベテランと新人の作家には、経験の長い編集者をつけなくてはな
らない。けれども伸び盛りの作家には、新人編集者の方が適しているというのだ。
「若い編集者は、限度っていうものを知らないから、すごい力で引っ張っていく。努
力しさえすれば必ずかなうっていう思いで、作家の尻を叩《たた》いてくれるんだ」
こんな話をしてくれた。ファッション雑誌から異動してきたばかりの女性編集者が、
デビューして四年めの作家についた。彼の実力は誰しもが認めるところだが、賞は水

ものである。直木賞を三回も落選してしまった。もう小説を書きたくないとつぶやく彼の頬を、思いきりひっぱたいたのはその女性編集者だ。

「あなた男でしょう、三度や四度の失敗でみっともない。もう一度二人で長篇をやりましょう」

その年彼が書いた小説は、見事直木賞を受賞したばかりでなく、空前のベストセラーになった。彼女はこの功績により、大きな肩書きがつく編集者となったほどだ。

「まあこんな美談はめったにないけれど、二人三脚で頑張ってきた作家が、上に駆け上がっていくのを見るのは楽しいもんさ」

小野は晃洋にさまざまなことを教えてくれた。作家との酒のつき合い方、女性作家との誤解されない距離の取り方、文壇パーティーへのデビューの仕方、作家の原稿を読んだ後のリアクションについて。

「その日のうちに、必ず感想を送らなきゃいけない。郵送だと時間がかかる。いちばんいいのは手書きのレターをファックスで送ることだね」

失敗も多々あったが、晃洋の文芸編集者生活は、順調にスタートしたといってもいい。とりあえずの仕事は、四人の作家に催促して原稿を貰《もら》い、挿絵画家に注文を出し、校了を終えることであった。作家は想像していたよりも手がかかる。すぐに原稿を書いては自分の価値が下がるとでも思っているかのようだ。締切日が近づくと、晃洋はこまめにファックスやメールを送った。

「そろそろですが、調子はいかがでしょう。資料等でご用がありましたら、深夜まで編集部におりますので、どうかお申しつけください」

当然一緒に酒を飲んだり、食事をしたりもする。寡黙な、と思っていた作家が案外ひょうきんで、笑わせるエッセイを書く作家が、とても気むずかしいということを晃洋は知った。が、たいていは話し好きだ。アルコールが入ると、延々と自分の文学観や異性観について喋べり始める。そうしながら編集者の反応を見ているのだからタチが悪い。小野は言う。彼らと酒を飲む時に決して油断してはいけない。とめどなく喋べりながら、彼らは編集者を試しているのだ。どんな反応をしてくるか、酒の勢いを借りて、どんな企画を持ち出すか。

「ねえ、先生、思いきり泣ける恋愛小説を書いていただけませんか」

ある日、思いきって作家に言った。彼はそこそこ売れているミステリー作家だ。

「先生の文体って、とても簡潔でロマンティックです。こういう人が書く恋愛小説を読んでみたいなあってふと思ったんですよ。ああ、もちろんお忙しいのはわかっていますよ。でもどうでしょうかね、短篇から始めていただくのは。先生が初めて書く恋愛小説、これはすごい評判になりますよ」

「もう恋愛小説なんて喰《く》い荒されているよ。あんなところに参入する気はないね」

「いや、恋愛小説のすべてのパターンが出ている今だからこそ、先生の新しい感覚が受けるんじゃないですかね。ミステリーと恋愛、この二つを完璧《かんぺき》に融合できた小説というのは、まだこの世に存在していませんよ。今の若い読者はミステリーしか読まない。恋愛小説の不合理性を、彼らは受けつけないんです。だけど先生なら、ミステリーの合理性の中に、恋愛を持ち込むことが出来るって、僕は信じています。どうでしょう、うちで連載をお願い出来ませんかね」

言葉はいくらでも出てくる。長いことどこかで培養され、瓶詰めされていた言葉が、栓を抜かれシャンパンのように溢れ出すといった感じだ。泡のように空疎なものが混じっているとは思わない。絶対に思わない。作家の前で言う言葉は、唇から放たれたとたんすべて真実になる。全く作家ほど褒賞《ほうしよう》を欲しがる者はいない。いや、そんな、と苦笑いしながらも、その顔は「もっと、もっと」と、甘い菓子を欲しがる子どものようだ。誉《ほ》め言葉の中に、他の作家の悪口を入れてやると、彼らは舌なめずりせんばかりになる。自分がこれほど饒舌《じようぜつ》で、企《たくら》みにとんだ男だったのかと晃洋は驚くことがあった。

そのうちに、ますます酒が強くなった。今どき銀座に行く作家はいない。たいていが六本木か新宿といったところだ。女好きであることを隠さない作家もいたし、そうでない作家もいる。共通しているのは露悪的なところだろう。ことさら自分をだらしなく好色な人間として喋べる彼らの話は、とても面白かった。そこへいくと女の作家は苦手だ。いつもつまらなそうにしているか、そうでなかったら異様にはしゃぐ。酒癖の悪い女性の人気作家がいて、青山のバーで一度、頭からワインをひっかけられたことがある。

「あの人、気に入った編集はいじめるところがあるから気をつけて」

と注意されたが、怒るわけにはいかない。それどころか赤いシミをつくったギャルソンのシャツを、しみじみと晃洋は眺めたものだ。今の自分の華々しい生活の証《あかし》のような気がした。

女の方も順調だ。早稲田の時の友人に誘われて、広告代理店の女たちと合コンをした。よく磨かれて、ショウウインドウに飾られている果物のような女たちだ。名刺を差し出すと、

「わあー、おたくの女性誌、大好きです」

と声が上がる。総合職の女たちではなかったが、

「そちらの広告局にはいつもお世話になっています」

と一瞬あらたまった口調になるものもいた。四人のうち、セミロングで歯の美しい女がいちばん気に入った。まずメールでやり取りし、デイトまでこぎつけた。後はとんとん拍子だ。その篠原由美と週末は必ずといっていいほど会うようになった。たまに作家のサイン会や取材が入って断わることもある。すると白いやわらかい頬をふくらませて、

「もー、頭にきちゃう。もうあの作家の本、絶対に買ってやらないからね」

などと言う。そんな由美をつくづくいとおしいと思った。ゆかりに対して、もうメールを打つこともなくなった。

この世は思いどおりにはいかない。

心はこれほど元気がいいのに、ある日突然体が動かなくなった。朝、ベッドの中で晃洋は脂汗《あぶらあせ》をかく。

「いったいどうしたんだ」

脱力感というのだろうか、自分の手や足が脳の指令を受けつけない。ぐったりとしたままだ。昨夜何をしただろうかと、自分に問うてみる。遅くまで作家と、単行本の

打ち合わせをしていた。入社八ヶ月めにして初めて手がける単行本だ。「月刊ノベルライフ」の人気連載だったものを、途中から引き継いだのだ。

しかし作家は下戸《げこ》だったので、晃洋もそれほど飲んではいない。長っちりのわりには水割りを三杯ほどだろう。

「何か悪い病気なんだろうか」

ストレスの多い編集者に、病気は容赦なく襲いかかる。四十代で亡くなった編集者は珍しくないという。しかしまだ自分は二十七歳だ。成人病になるのは早過ぎるだろう。

晃洋は手を伸ばし、新刊の雑誌を手にとった。パラパラと手にとり、由美のことを考える。軽く下半身をいじっているうちに、力が少しずつ下半身から甦《よみがえ》ってきた。

「多分、疲れだろう」

晃洋はのろのろと起き上がる。やっといつもの感覚が戻ってきた。

「行く途中の駅前のコンビニで栄養ドリンクを買って飲んでいくか」

少々ふんぱつして千円のものを飲み干した。その後、平常な一日がやってくるはずだったのにやはり駄目だった。夕方、晃洋は朝と同じ脱力感に襲われる。文壇のパーティーを欠席し、早く家に戻った。

「まいったなあ。疲れってこんな風にやってくるのか。今日はとにかくぐっすり眠らなきゃな」

けれども、次の日も晃洋は起き上がることが出来なかった。仕方なく会社を休み、次の日無理をして出かけたものの、昼前には家に戻ってきた。心配した小野から会社と契約している病院に行くことを勧められた。そこで人間ドックのようなものを受け、胃カメラまで飲んだのだが、異状は全くないという。

「心療内科へ行かれたらどうですか」

担当医師から言われた。

「それって精神科のことですよね」

「そうですね」

「でも僕は頭がどうにかなったわけじゃない。体がだるくて力が入らないだけなんです」

「いや、ご存知のように、体と心は一体ですからね。いま体がそういう警報を発しているということは、心が何かしらのダメージを受けたということも考えられます。現代人はストレスから病いへ行く例がとても多いですからね」

「もしかして、うつ病とか。まさか」

「私にはわかりません。専門の医師の診断を受けてください」

そして総合病院の心療内科で、晃洋は過剰適応と診断された。環境に順応しようとするあまりに起こる、心の病いだという。

「結局うつ病っていうことですか」

「このまま何日間もふつうに活動出来ない状態が続くとそういうことになります」

驚いた。本当に驚いた。うつ病というのは、もともと暗い人間がかかるものだと思っていたからだ。

「俺ってどうもうつみたいだよ」

由美に電話で告げたところ、

「ウソー、そんなの信じられない。だってアッちゃん、いつも楽しそうじゃない」

本当にそうだ。あれほど望んだ職場に移り、いちばんやりたかった仕事をしている。一流出版社の編集者の名刺を手に入れ、可愛らしい恋人も出来た。ついこのあいだも二人で軽井沢へ行き、出来たばかりの高級リゾートホテルに泊まった。確か、朝の分まで入れて三回セックスしている。こんな自分のどこがうつだというんだろう。

「でも、お医者さんがうつって言うんだから、確かにうつかもしれないわね」

「とにかく早く見舞いに来てくれよ」

「はい、はい、わかりました」

けれどもそれが、人とかわした最後の軽口になった。心療内科で「うつ」と診断されたことで、晃洋の中の病いは、どうやら居直ってしまったらしい。次の日から晃洋は朝、ぴくりとも起き上がることが出来なくなってしまった。もらった薬を二倍にして飲んだが、力が全く湧《わ》いてこない。そのまま眠っていたのだが、夜になるとさすがに空腹をおぼえた。携帯で由美を呼び出し、会社帰りに来てもらった。

「本当に大丈夫？」

コンビニで買った弁当とパンを持ち、由美がやってきたのは、八時過ぎだ。

「ちゃんとお医者さんに行ってるの」

「あさって行くことになってる」

「薬も飲んでるんでしょ」

「ああ……」

クリームパンを食べる晃洋を、由美が気味悪そうに眺める。

「会社の人から聞いたんだけど、うつって珍しくないんだってね。うちの社内の診療所にも、うつかどうか判定するチャートが置かれているんだって」

けれども今の晃洋には、それにあいづちをうつ気力さえなかった。

「悪いけど、オレ、もう寝るわ」

「わかった。だけど明日のごはんどうするの」

「この残りを食べるよ」

「大丈夫？　あさってなら来られるけど、明日は駄目なの。前からの飲み会があって、私が幹事になってるから」

「わかった。大丈夫だよ」

結局由美はその後二回しか来なかったが、つき合い始めたばかりの女に、それ以上望むのは無理というものだろう。そのくらいは晃洋にもわかっている。こんな時、ゆかりがいてくれたらとちらっと思ったが、あくまでもちらっとだ。いくら何でも、こちらからむごい別れ方をした女に、連絡を取ることなど出来るわけがない。

「それに、いまいちばん弱っている時に看病されたりしたら、本当につかまってしまうからな」

ゆかりと結婚するのはまっぴらだった。自分はうつではない。今、やたら多いうつ病もどきなのだ。健康を取り戻したらもとの生活に戻るだろう。また新しい女をつくりさえすればいい。外見は由美と似ていてもいいが、中身はもう少しやさしくて気がつく女がいい……。こうして晃洋はやっと眠りにつくことが出来たが、次の日はさらにひどくなっていた。一日中ベッドから離れることが出来ず、コンビニの弁当の残りを食べ、水道の水を飲んだ。

こうなると頼れるのは母親しかいない。一週間後に栃木から上京してきてもらった。それから両親と会社との間で、いろいろな話し合いがあったらしい。会社側は休職ということにしたらと言ってくれたのであるが、

「一年も勤めていない会社に、そこまで甘えることは出来ない」

と、昔気質《むかしかたぎ》の父親が、結論を下した。

「冗談じゃない。オレがどんな思いで試験を受けたのか知ってるのか。人の人生、勝手に決めないでくれよ」

そう怒鳴りたい気持ちはあるのだが、声に出す気力がない。東京で治療を続けたいと思っていたのだが、ひとりでは病院に行くことさえ出来なかった。

ずっと以前、うつ病を克服した俳優が、テレビで喋べっていたのを思い出す。

「駅のホームに立っていたり、踏切りのところへ行くと、本当に死にたいと思うんです。遮断機の下をくぐったことが何回もあります」

健康な時には気にもとめなかった言葉なのに、どうしてこれほどはっきりと思い出すことが出来るのか不思議だった。初めの頃、病院に行こうとやっとの思いで駅に向

かうと、踏切りの信号がカーンカーンと鳴る。さあ、行け、さあ、飛び込めとリズムをとっているようだ。あの俳優の言葉が耳もとで聞こえる。

「本当に死にたいと思うんです」

気がつくと、握りこぶしをつくり、ぐっしょりと汗をかいていた。

そんな晃洋を半ばひっさらうようにして、両親は故郷に連れて帰った。辞表を正式に送ったのは、栃木の実家からだ。小野が長い手紙をくれた。

「この病気にとって、励ますのは禁物だそうです。早く治して、というのはいちばんのタブーで、相手に負担を与えるそうです。ゆっくり養生してください。決して焦らずにね」

晃洋は泣いた。二十七歳の自分が「ゆっくり養生してください」などと言われる。これはいったいどういうことなんだろうか。本当に自分は脱落したんだろうか。本当に、レースからはずされてしまったのか。

人生は思いどおりにならない。

こんな言葉とは無縁に生きてきた。田舎《いなか》の小学校で、勉強も駆けっこもいつもいちばんだった。親は歯医者だったから、着るものもいつも他の子とは違っていた。時々は親と一緒に東京へ買物に行き、栃木にはないスニーカーやジーンズを買ってもらった。

背が高くバスケットの選手だった。バレンタインには、他校の生徒からもチョコレートが来た。高一で初体験というのは、三番めか四番めの早さだったのではないだろうか。いちばんか二番の奴らは、本物のヤンキーで、ああいうのと争っても仕方ない。現役で早稲田に受かった。出版社に勤めたかったから早稲田の文芸専修にしたのだ。

就職の時にちょっと躓《つまず》いたものの、再挑戦で大手の出版社に入ることが出来た。そしていちばんなりたかった文芸誌の編集者になった。そんな自分が、どうして実家の二階、高校時代に使っていた自分のベッドに寝ているのだろうか。こんなはずはない、こんなのは違うと立ち上がってわめきたいのだが、力が全くわいてこない。

医者はそう長くはかからないだろうと言ってくれたが、実家に帰ってきてから、三ヶ月が過ぎようとしていた。病院へ行き薬を貰い、暇な時は家の医療請求を手伝ったりした。本は読まない。職業柄、焦りの原因になるかもしれないと医者も勧めてはくれなかった。

父も医者と全く同じことを言った。

「焦らなくていいんだぞ。焦るのがこの病気にはいちばん悪いらしいからな。このうちは、お前ひとりが食べていくのに充分なものはある。もし東京へ戻りたくないっていうのなら、ここの敷地にアパートを建てて、ちゃんと現金が入るようにしてやるぞ」

もうそんなところまで決められているのかと、晃洋は腹を立てた。まだ二十七歳だというのに、再起不能と決めつけられているようではないか。もう隠居して暮らす手はずを整えているというのか。

「まいったよなー」

つぶやいてみる。焦るなと言われて、努力して焦らないようにしていたけれども、少し頑張って焦ってみようか。ここで本気を出して治さなくては、俺は一生飼い殺しの次男坊だ。将来はそのあたりに建つらしいアパートの管理人になって、近所の人間に気味悪がられたりするんだろう。そんなことはまっぴらだと思い出した頃、医者が薬を変えることを提案した。治験が終ったばかりの新薬だという。

「気は心だ」

晃洋は自分に言いきかせる。

「この薬で劇的に治る——っていうストーリーをつくるんだ。わかったな」

毎日あたりを散歩することを始めた。そして軽く走ったりもする。医者も父も絶対に無理をするなと言うに決まっているからこっそりと走る。

そしてこれもこっそりとだが、久しぶりにパソコンをネットにつないでみた。かなり前の日付けだが、友人たちからのメールがかなり届いていた。学生時代の仲間が多い。

「お前がそんなに繊細な奴とは思わなかった。まあ長い人生、いろいろあるさ。頑張れよ、おっとこれを言っちゃいけなかったんだな」

「あっちゃん、やさしい人だからちょっと心が疲れちゃったのよね」

担当をしていた女性作家からのメールも転送されていた。

「私の担当になったから、高橋クンの具合が悪くなったんじゃないか、セクハラをしたんじゃないかと、あらぬ疑いをかけられています。私の冤罪《えんざい》を早く晴らしてね」

そして晃洋は、その中に見知らぬ女の名前を見つけた。中原リエ。いや、待て、憶《おぼ》えがある。この頃薬のせいで少しぼんやりしかけているけれども、目を凝らすように脳を働かせていくと、この名前からひとりの女の顔が浮かび上がってくる。そしてビキニのブラジャーからはみ出しそうな乳房も。

「高橋さん、お元気ですか。私のことを憶えていますか。以前お世話になったモデルの中原リエです。このメールアドレスは、うちの事務所の加藤さんから聞きました。

高橋さんが会社を辞められて、今、実家にいると聞いた時、すぐにあのことを思い出しました。一年とちょっと前のあの夜のことです。撮影中、私、倒れてしまいましたよね。もうバレてるから隠す必要もないけれど妊娠三ヶ月でした。具合が悪くて出血もして、救急車で運ばれました。高橋さんが病院までつき添ってくれましたよね。あの時、高橋さん、私の手を握りながらずっと泣いていました。そしてこんな仕事のためにに、体をいためるんじゃない、こんな仕事のために、ってずっと泣いてくれたんです。私、高橋さんがすぐに会社を辞めたと聞いた時、私のことが原因じゃないかとずっと気になっていたんです。私のみっともない姿を見て、すっかり嫌気がさしたんじゃないでしょうか。もしそうだったら、謝らなきゃいけないってずっと思ってました。私は元気でやってますから安心してください」

「メールありがとう。本当に懐かしいですね。あの夜のこと、実は忘れかけていました。それに泣いたのも、君のせいなんかじゃない。きっと自分がみじめで泣いたんだと思う。だから気にしないでください。元気でやっていると聞いて安心しています。まだモデルをやっているんだね」

「もちろん、まだやってますよ。あの時の子どもはダメにしちゃいました。切迫流産になりかかっていたので処置してもらいましたが、あのままでもたぶん産まなかったと思う。相手は私と結婚する気なんかまるでない人でしたから。でも高橋さん、私のために泣いてくれたでしょう。あの時はすごく嬉しかったです。バカだなあ、こんなことしてて、って何度も言ってくれて、私、あれでゴツンとやられたような気がしたんです。高橋さんのことは一生忘れません。本当にありがとうございました」

「しつこいようだけど正直に言います。君は僕のことを誤解しているようです。あの時、バカだなあ、こんなことしてて、という言葉は、自分に向かって言ったんだと思う。あの仕事が嫌でたまらなかったし、早くこんなところから逃げ出したいと思っていたから。泣いたっていうのも、自分のいろんな感情がからみ合って、つい泣いちゃった、っていうところじゃないだろうか」

「それでもいいんです。あの時、やっぱり高橋さんは私のために泣いてくれたんです。私ね、少しずつだけど売れっ子になっています。この頃は三十近くなって、超人気者になったグラビアアイドルもいるでしょう。若けりゃいい、っていう空気も昔ほどじゃないみたい。高橋さんは嫌だと言うけれども、私、グラビアの仕事大好きなんですよ。あの場にいるカメラマンの人も、スタイリストさんも、みんなが私のことを愛してくれているっていう気がして、撮られている最中、幸せで胸がいっぱいになるんです。高橋さん、信じてくれないかもしれないけど、私、本当に少しずつ売れてきているんです。高橋さんが私を見た時は、さえない腹ボテ娘だったかもしれないけれど、今は違うの。高橋さん、私を見てください。私を撮ってグラビアに載せてください。スタジオで待っています」

その後、上京して就職活動をしている時も、いつもこのフレーズを思い出していた。誰もが気を遣い、「待っている」とは言ってくれなかったけれども、リエだけは違っていた。

「スタジオで待っています」

待っています。なんていい言葉なんだろう。友人や作家のどんな言葉も、心にまでは響いてこなかった。それは「待っています」という言葉がなかったからだ。自分を待っていてくれる人がいる。必要としてくれている人がいるならば、そこがグラビア撮影のスタジオでも、行かなくてはならないと晃洋は思うようになった。

今の会社は、最初の職場で知り合ったカメラマンが紹介してくれた。

「まともな本なんか全然出していない。水着のグラビアで食べているようなところですが、それでもいいですか」

晃洋は即座に、いいですと答えた。もちろんとつけ加えた。

今、スタジオではライトがつけられた。カメラマンがスタジオマンの若い女に指示を出し、バックスクリーンを替えようと急いでいる。メイクを終えたモデルが、バスローブを羽織ってスタジオの隅で携帯メールを打っている。スタイリストの女が、次の撮影のために水着を並べたラックを運んできた。

いつかこの風景を好きになることがあるだろうか。それはわからない。ただ言えることは、今、晃洋に与えられた場所はここだけだということだ。そして晃洋はそのことについて別段みじめと感じていない。少なくともここには自分を必要としてくれている人がいる。世の中というのは、そういうことの積み重ねではないだろうか。小さな幸運が積み重なって、なるようになっていく。運命や、人の心のやさしさや、時には企みに静かに身をゆだねていきさえすればいいのだ。何もむずかしく考える必要はなかったのだ。

「よろしくお願いしまーす」

モデルがはらりとバスローブを脱ぎ捨て、グラビアの夜は今、始まろうとしていた。

解説

瀧井朝世

林真理子氏が描くグラビア撮影現場の裏側ときたらもう、名声欲に金銭欲に肉欲がからまりあったスキャンダラスなドロドロ劇……をつい想像してしまう。正直、本書を開く前は、そういう話だろうと考えていた。ところがページをめくって、おや、と思わされた。なんだかテンションが低い。なんだろうこれは。そして気づいた。ここで描かれる世界が、とんでもなく今の時代のリアルだということに。

本作は青年コミック誌のグラビア撮影の現場の光景を、編集者、スタイリスト、ヘアメイク、カメラマン、マネージャー、モデルの視点から描いていく連作短編集。年齢もバックグラウンドも異なる人々それぞれの思惑や悩み、本音が語られていく。どうせ書くならトップクラスの華やかな媒体を選びそうなものだが、本書の舞台は、中堅どころの雑誌撮影の現場というのが特徴的だ。

ライターとしてタレントの撮影現場にも数多く参加してきた身としては、分かる分かるの連続で唸《うな》らされた。これは私の知っている誰かのことだろうか。やる気のない編集者、いるいる。気配り上手のスタイリスト、知ってる知ってる。ヘアメイクとタレントが兄弟姉妹のように親しくなっているのもよく見かける。長時間の現場では、スタッフみんなが食事の手配や用意された軽食や飲み物のことを気にかけるのもまさにその通り。空腹はモチベーションキープの最大の敵なのだ。私が知らないのは、ここに書かれているようなそれぞれの恋愛事情と、整形事情だけだ（単に、私がそういうことに鈍感なものでして）。

さきほどテンションが低いと書いたのは、まず第一章の視点人物、編集者の高橋がこの仕事に熱のない男だからだ。大手出版社の文芸編集を希望していたものの、入社できたのは中堅どころ、配属先は青年コミック誌。しかも、これははじめて知ったのだが、コミック誌の編集部の中でも、グラビア班は軽んじられるという。雑誌の売れ行きを左右する大事なページだというのに、ベテランたちが気遣うのは大物漫画家たちであり、グラビアは若い編集者に適当に任せておけばいいという風潮があるらしい。つまり、グラビアを担当している限り、高橋の評価が上がることはない。クサる気持ちも分からなくはない。ただし、そのやる気のなさを、まさにグラビアを撮影しているスタジオの中であからさまにしているのはいかがなものか。有名作家と文芸編集者となった自分との会話を妄想するシーンには、かなり笑わせてもらったけれど。

そんな高橋とは対照的に、スタイリストやカメラマンは、それなりに今の自分の仕事を気に入っている。ただ、そこにあるのは仕事に対する熱情というよりも、穏やかな満足感である。これから売り出そうという被写体の女の子でさえ、野心がまったく感じられず、「ちょこっとテレビのバラエティに出られればいいかなあ、と思っている程度」なのである。彼らは別に、自分たちの上をいく人間たちのことをやっかんではいない。そもそも自分にスポットライトが浴びるような場を目指していない。上昇志向がないのだ。それこそが現実だと思う。本書は、二流誌のグラビア撮影の空気をリアルに描いているだけではない。今の時代の、人々の仕事に対する姿勢を、実に正確に浮かび上がらせているのである。

最近は、仕事でガツガツしている人を見かけることが少なくなった。努力が報われる時代ではないから諦《あきら》めてしまっている、というのとは少し違う。ここに登場するスタッフたちも、疑いなく自分の仕事に充足している。このささやかな幸せ感は何か。

考えられる理由のひとつめは、価値基準が多様化したこと。少し前からワークライフバランスという言葉も重宝されるようになったが、仕事を極めるということに価値を見出さない人が増えているのは確か。何をもって人生の成功というのか、その基準が変化してきているということだろう。二流と評される仕事だって、本人がそこに鬱屈《うっくつ》を感じていなければ、そこにやりがいは生じるはずだ。クリエイティビティだって感じるに違いない。さらに、何をもってステップアップというのかも一元的には説明できなくなった。例えば以前ならグラビアアイドルは、そこから女優なり歌手になるのが彼女たちの目標であり、みんながそれを目指していると思われていただろう。でも今は、グラビアの道を極めたいという女の子たちもたくさん出てきた。一方で、何がなんでも芸能界に残りたい、とは思わない子たちもぞろぞろいる。それぞれが仕事に対して求めるものが、共通しなくなってきたのだ。

ふたつめは、トップを極めるというのは、かなり面倒くさいものだと分かってきたこと。出る杭《くい》は打たれる、という風潮はここ最近強くなっている気がする。栄華を極めた人間は、賞賛や憧《あこが》れの対象というより、足元をすくうターゲットとなっている。それも、単なるやっかみと言って片付けられないレベル。本書とは関係ないが、有名人のブログがすぐ炎上して閉鎖される、という風潮を見れば明らか。ヘタに目立たないほうが無難、という気持ちが自然と働くのもうなずける。

みっつめ。トップがすぐ入れ替わる時代なのである。芸能界も経済界も政界も。いちばん上に行き着いたら、後はひとつでも失敗したら奈落の底まで落ちるだけ。しかも、どこに落とし穴があるか分からない。上り詰めた先に待ち受けているものが何なのか、それを思うとちょっと怖くなってしまう。だったら、このまま安全な場所にいたい。先が見えない世の中だからこそ、そう思うのも納得だ。

蛇足でよっつめ。一流でなくても、いい暮らしはできる。ここに登場するヘアメイクの岡崎だって、「二流のちょっと上」を自認しているが、恋人のために六本木にワンルームの部屋を借りてやるくらいはできている。豪邸に住んで豪遊したいという夢でも見ない限り、現状維持だって人生設計に問題はない。それにヘタに出る杭になって打たれてすべてを失うよりも、地味だけれども使い勝手のいい人間のままでいたほうが、同じ世界で息長くやっていけそうな気もする。

もはや、誰もが上を目指したりはしない時代だ。他人の評価によって自分の価値を確かめるのではなく、自分で自分を評価していくことが、幸福の見つけ方となっている。そんな時代がはじまっているのだ。

ではこれから先、人は仕事に何を求めていくのだろう。それは、いちばん仕事が安定していそうな会社員の高橋が不満タラタラで、他のスタッフたちは満足している、というところにヒントがあると思う。特に、事務所のマネージャーである加藤以外、つまりスタイリストの恭子やヘアメイクの岡崎、カメラマンの金谷といったフリーランスのスタッフたちの姿勢に着目したい。

駆け出しの頃は別としても、フリーランスは基本的に仕事を選ぶ自由がある。私自身がフリーランスとして実感しているのは、仕事を選んで引き受けた以上、そこには必ず責任が生じるということ。つまりはいつだって、それなりに自分が納得できる仕事をしなければならない。もちろん、たとえ嫌々引き受けた仕事であっても。責任を持って取り組んだのなら、うまくやり遂げた時には小さな達成感があるし、今ひとつだった時には反省もする。ヘコむことだって多々あるし、周囲に対して腹を立てることだってあるが、いずれにせよ不満タラタラという姿勢は許されない。仕事と向き合う姿勢が、高橋とはまったく違うのだ。

適材適所という言葉がある。自分の適所が自分の望み通りとは限らない。ただ、適所があるだけでもありがたいということをフリーランスは知っている。今日の仕事の仕方ひとつで、明日が変わるということも知っている。高橋は、それを知らないのだ。知らないまま、グラビアの夜を抜け出そうとしている。最終章は再び彼の視点に戻り、読者は皮肉な現実を知らされることとなる。ここではないどこかを見て、今いる場所をまともに見ようとせずにあがいて、そしてすべてを失った高橋。しかし、その先で彼が見つけたものは、仕事との向き合い方の、ひとつの答えとなっている。それは諦《てい》観《かん》でも慰めでもなく、非常に前向きな考え方だと、私は受け取った。

夢が叶わなくても、人は不幸になるとは限らないのだ。

それを教えてくれる本書は、今の時代に必要な〝仕事小説〟でもある。

この作品は二〇〇七年五月、集英社より刊行されました。

林真理子の本

年下の女友だち

容姿も人柄も良いのに縁遠い七美。妻子ある男との関係が絶てないこずえ。結婚前にセックスに溺れてみたいと言う実和子…。恋愛と結婚に揺れる、若い女性たちを描く連作短編集。

林真理子の本

白蓮れんれん

大正時代、筑紫の炭坑王の妻で美貌の歌人・柳原白蓮は年下の男と恋に落ちた。名高い恋の逃避行「白蓮事件」を、門外不出の資料を元に描ききる渾身作。第8回柴田錬三郎賞受賞作。

林真理子の本

死ぬほど好き

突然、連絡が途絶えてしまった恋人を追いかける妙子。結婚まであとわずかという時に再会した高校の後輩に惹かれる由希…。8人の女たちが抱える恋の痛みと愛の傷を鮮やかに描く、珠玉の短編集。

集英社文庫

林真理子の本

葡萄物語

子供ができないまま六年目を迎えた結婚生活に、すれ違いを覚える洋一と映子。やがて二人は、互いに異なる人へ想いを寄せ始めていく。婚外恋愛の甘さと苦さが胸にせまる、大人のための恋愛小説。

集英社文庫

林真理子の本

東京デザート物語

恋も夢もかなえたい——。東京の大学に合格し、大分から上京した新女子大生の朱子。いつしか思い通りに素敵な恋をいとめるが……。数々のデザートのカラーレシピ付き恋愛小説。

集英社文庫

集英社文庫

グラビアの夜《よる》

2010年1月25日　第1刷　　定価はカバーに表示してあります。

著　者　林《はやし》　真理子《まりこ》
発行者　加藤　潤
発行所　株式会社　集英社
東京都千代田区一ツ橋2-5-10　〒101-8050
電話　03-3230-6095（編集）
03-3230-6393（販売）
03-3230-6080（読者係）

印　刷　凸版印刷株式会社
製　本　凸版印刷株式会社

フォーマットデザイン　アリヤマデザインストア　　マークデザイン　居山浩二

ISBN978-4-08-746525-9 C0193